À FLEUR DE BRUINE

Amélie De LIMA

À FLEUR DE BRUINE

Du même auteur :

Voix nocturnes (2018)
Le silence des aveux (2017)

Tous droits réservés
© Amélie De Lima – Barcelone – 2018
« Le Code de la propriété intellectuelle interdit les copies ou reproductions destinées à une utilisation collective. Toute représentation ou reproduction intégrale ou partielle faite par quelque procédé que ce soit, sans le consentement de l'auteur ou de ses ayants droit ou ayant cause, est illicite et constitue une contrefaçon, aux termes des articles L.335-2 et suivants du Code de la propriété intellectuelle. »

Achevé en octobre 2018
Dépôt légal : octobre 2018

Correction et mise en pages : claudie.libersa.edition@gmail.com

ISBN : 978-1-7266191-6-5

REMERCIEMENTS

A mi amor Fernando que nunca ha dejado de creer en mí.

À ma fille Elsa, mon rayon de soleil.

À mes sœurs Éléonore et Alexandra, pour leur soutien et leur aide inestimable dans la lecture du roman.

À ma meilleure amie Sam, non seulement pour son aide durant l'écriture du roman, mais aussi pour avoir accepté de poser pour la couverture ainsi que le *booktrailer* de *À Fleur de Bruine*.

À ma mère Espéranza, pour son soutien.

A mis abuelos por querernos, siempre.

A mis suegros por su amor y apoyo.

À mon irremplaçable photographe et réalisatrice du booktrailer, Inès Bouche, avec qui c'est toujours un immense plaisir de travailler.

À mes amies et ma famille.

À ma correctrice Claudie Libersa, d'un professionnalisme exemplaire.

À mes bêta-lecteurs et lectrices, chroniqueurs et chroniqueuses littéraires, qui sont devenus bien plus que ça pour moi : Laurent Fabre, Katia Roumy, Dominique Lebel, Corinne Roblin, Mylène Nivelle, Delphine Tamea Broutin, Stephen Cellier, Dorothée Dessag, Sandra, Rachel Vignon...

À mes fidèles lecteurs et lectrices qui me suivent depuis *Le Silence des Aveux*, et sans qui cette fabuleuse aventure ne pourrait pas exister.

Aux différents groupes de lecture sur FB et en particulier à tous les Mordus de thrillers, aux admins et modos qui font un travail extraordinaire.

SOMMAIRE

Prologue -- 11

Première partie : Perles de pluie -------------- 13

Deuxième partie : L'ombre de sa peau ------ 89

Troisième partie : L'invitation à la mort ---- 157

Quatrième partie : Femmes de nuit --------- 221

Épilogue------------------------------------- 265

PROLOGUE

Lille, 5 décembre 2016.

Une silhouette aux cheveux longs et noirs traversa l'intérieur de la gare Lille-Flandres, dans une lenteur palpable.

Elle ne semblait pas se rendre compte de toutes les paires d'yeux rivés sur elle, incrédules, interdits. La silhouette, elle, continua d'avancer nonchalamment, traînant ses pieds nus sur le sol carrelé de la gare.

Sa peau était d'une étrange pâleur maladive ; ses cheveux, raides et souillés par une substance visqueuse, étaient plaqués sur son dos. Et, malgré les courants d'air assassins, ils restaient collés contre son corps dénudé.

La silhouette, c'était une femme.

Les curieux semblaient l'inspecter chaque fois un peu plus, d'un peu plus près. Et elle, elle poursuivait sa route, à pas de louve, comme si le temps venait de s'arrêter.

On pouvait facilement distinguer une grosse égratignure, là, sur son menton, et des marques éparses de brûlures de cigarettes, abondantes sur les avant-bras.

Ses mains, le bas de son ventre et ses cuisses étaient recouverts de la même substance visqueuse que ses cheveux.

Du sang. Frais et dégoulinant.

Soudain, alors qu'elle arrivait devant le quai de la voie 3, elle resta prostrée et attendit, le regard vague, les bras ballants et les jambes lourdes.

La gare semblait s'être figée avec elle. Le silence envahit l'espace, et plus rien ni personne ne semblait avoir d'importance.

À part elle. Cette femme, atonique, complètement nue, les orteils plongés dans le vide des rails éreintés.

Puis un brouhaha infernal se fit entendre, brisant le silence et la torpeur dans lesquels la scène était plongée.

Apeurée, la silhouette se retourna brusquement. Les uniformes bleu foncé la ramenèrent à la réalité.

Sa terrible réalité.

Alors, dans un instant aliéné, elle se laissa tomber sur les rails, légère comme un oiseau, caressant de ses ailes les bras de fer de son invité.

PARTIE I :

PERLES DE PLUIE

– 1 –

Trois mois auparavant,
Lille, 18 septembre 2016.

Deux individus s'enfoncèrent dans la pénombre de la nuit, à coup de réverbères et de mégots brûlants, fraîchement sortis du Network, une discothèque à la mode du quartier Solférino de Lille.

Il était 3 h 35 et le reste de la ville dormait à poings fermés. La discothèque avait fermé les persiennes de l'entrée, après le départ des derniers fêtards. Tout le monde avait mis les voiles depuis déjà quelques minutes, mais eux étaient encore là, collés contre la façade de l'établissement aux couleurs élégantes et sombres, illuminée par un énorme néon orangé.

Soudain, tout devint extrêmement silencieux. On entendait juste le son des gouttelettes de pluie qui ruisselaient, glissaient et clapotaient sur les façades cossues de la grande avenue. La bruine... cette pluie fine et légère qui enveloppe et recouvre la chair, transperce les os et se niche dans le cœur las des vivants.

Tous deux semblaient avoir trop bu, leur dégaine ne laissait aucun doute sur leur état d'ébriété. Alors qu'ils déambulaient sur le pavé comme deux pantins désarticulés, l'un s'appuyant sur les épaules de l'autre, ils comptaient et décortiquaient chaque mouvement de leurs pieds ébranlés.

Ils avançaient d'un air rêveur et enjoué, vers un lieu plus intime, plus propice aux échanges étroits qu'ils désiraient concrétiser. Au bout de quelques minutes de marche, ils arrivèrent bras dessus bras dessous à l'entrée principale du parc de la Citadelle, un ouvrage militaire d'une qualité architecturale hors pair, un lieu verdoyant où la magie semblait s'être installée au fil du temps.

Les deux amants se laissèrent alors bercer par l'incessante mélodie de la douce pluie. Elle n'avait pas cessé de tomber et, au contraire, continuait d'effleurer nonchalamment les feuillages des arbres centenaires et la peau de leurs corps dénudés, créant une atmosphère féerique et divine à la fois.

***

Lille, 5 octobre 2016.

— Bonjour, docteur, qu'est-ce qu'on a ? demanda Véronique au médecin légiste, penché sur la victime.

— Une sale affaire, commissaire... Jeune homme entre 18 et 25 ans, repêché ce matin dans le canal.

Véronique De Smet observa les lieux. La scène était plongée sous une brume terrifiante, digne des plus grands films hitchcockiens. La pluie faisait danser les parapluies et virevolter les feuilles mortes qui jonchaient le sol mousseux. Les capuches se défroissaient et les regards se plissaient sous les coups de vents violents. Les mains devenaient violacées sous l'emprise d'un froid humide et pénétrant.

Le médecin légiste était recroquevillé près de la victime, les rebords de son pantalon complètement trempés. Il avait le chapeau qui suintait de gouttes de pluie.

Véronique connaissait ces lieux ; elle connaissait cette odeur de terre mouillée, cette odeur d'herbes malsaines et sauvages. Elle tenta dans un élan avorté de toucher cette pluie battante de ses doigts dégoulinants.

Elle entendit aussi les gens qui s'agitaient tout autour du cercle balisé. La foule. La foule qui s'agglutinait, en redemandait, observait et se délectait d'un moment exceptionnel, dans une vie d'habitude si ordinaire. Les commérages allaient bon train, ça grondait, ça rugissait, ça se hissait tout autour des hommes en uniforme. On voulait savoir, on voulait voir. On voulait être au premier rang d'un spectacle digne d'une émission de téléréalité.

— Qui l'a trouvé ?

— Deux gamins.
— Ils sont encore là ?
— Oui, leurs parents viennent d'arriver, ils sont là-bas avec Vidal, lui indiqua-t-il d'un coup de menton.
— Bien, répondit-elle, un carnet à la main. Que sait-on d'autre sur la victime ?
— Pas grand-chose à vrai dire. Il n'a aucun papier d'identité sur lui, pas de portefeuille, pas d'argent ni de carte de crédit.
— Et ces balafres, là, qui débutent sur les commissures des lèvres ?
— Il semblerait qu'elles aient été provoquées d'abord par un objet effilé, certainement un couteau, peut-être un scalpel ou même un cutter, et puis...
— Et puis ?
— Et puis les ouvertures se sont élargies, certainement sous les cris de la victime...
— Les cris ?
— Oui, tout porte à croire qu'il s'est débattu dans l'eau. Il a dû appeler à l'aide, voilà pourquoi ses joues se sont littéralement lacérées...
— Vous pensez qu'il peut s'agir du *sourire de l'ange* ?
— C'est fort possible, commissaire.
— Une idée sur la cause de la mort ?
— À première vue, je dirais qu'il s'est noyé, mais on en saura plus avec l'autopsie. Attention, je préfère vous le dire tout de suite, ça sera compliqué. L'eau a nettement amoché la victime...
— Entendu. Date du décès, selon vous ?

— Le corps est remonté à la surface de lui-même, ce qui veut dire qu'il devait être dans l'eau depuis plus d'une quinzaine de jours.

— Tant que ça ?

— C'est le temps requis en eau douce. Regardez l'état de putréfaction dans lequel se trouve le corps actuellement. Vous voyez, lui indiqua-t-il du bout de ses doigts gantés, son visage en est devenu presque méconnaissable. L'identifier ne va pas être un jeu d'enfant, croyez-moi...

— Je vous crois...

— Mais ne vous inquiétez pas, une analyse interne nous permettra d'en savoir plus.

— Bien, je vous laisse travailler. Merci, docteur.

— Hum, acquiesça-t-il de la tête.

Comme à son habitude, Véronique recula de deux pas. Une vue d'ensemble, un regard objectif, c'est ce dont elle avait besoin pour commencer son enquête du bon pied.

Le cadavre rigide gisait en position couchée, le dos contre le sol terreux et gras des bords du canal de l'Esplanade. C'était un jeune homme. Un jeune homme au visage déformé par une souffrance asphyxiante, palpable. Les yeux écarquillés, la bouche grande ouverte et écorchée, les paumes des mains jointes, appuyées et liées contre son bas-ventre par une cordelette de lin, grossièrement tressée et subtilement doublée autour de ses poignets. La même cordelette avait été utilisée pour emprisonner ses chevilles.

L'image de ce corps masculin se dressa devant elle. Un corps aux cheveux blonds et courts, d'environ un mètre quatre-vingts, vêtu d'un tee-shirt noir délavé, d'un pantalon de la même couleur, et une paire de Converse amochée aux pieds. Le kit parfait de l'étudiant.

— Vidal, dit-elle à l'agent qui s'approcha d'elle, j'ai besoin que vous commenciez les recherches en fouinant dans les dossiers de la région. Vérifiez si l'on a reçu un avis de disparition pour un jeune homme entre 18 et 25 ans.

— Je remonte jusqu'à quand, commissaire ?
— Un mois.
— Bien, ça sera fait.
— Autre chose, Vidal...
— Oui, commissaire, répondit-il en revenant sur ses pas.

— Privilégiez les étudiants, les locaux, mais aussi les Erasmus. Prenez deux ou trois agents avec vous et allez rendre visite aux présidents des universités et des grandes écoles du coin. Ils auront peut-être reçu un signalement de disparition de la part de parents ou de proches. Demandez-leur la liste des absences de tous les étudiants sur les trente derniers jours ; et vérifiez s'il y a des caméras de surveillance dans un rayon de trois kilomètres à l'entrée du canal, mais aussi au niveau du parc de la Citadelle.

— Bien commissaire, ça sera fait, assura-t-il en s'éloignant.

Véronique avança d'un pas décidé vers les deux témoins, les deux gamins qui avaient trouvé le corps.

— Bonjour, je suis la commissaire De Smet, chargée de cette enquête. Puis-je poser quelques questions à vos enfants ? demanda-t-elle en tendant la main vers la mère de l'un d'entre eux.

— Oui, bien sûr, répondit celle du blond maigrelet, allez-y.

— Comment t'appelles-tu ?

— Éric.

— Quel âge as-tu ?

— Quinze ans.

— Et ton ami ? poursuivit-elle avec un regard pour l'autre adolescent.

— Nicolas. 15 ans aussi.

Adolescence monosyllabique, on va bien s'amuser, pensa-t-elle en gribouillant sur son carnet.

— À quelle heure avez-vous découvert le corps de la victime ?

— Il y a environ deux heures, répondit Éric.

— Donc vers 17 heures ?

— C'est ça.

— Et que faisiez-vous dans les parages ?

— On se promenait, intervint Nicolas dans la foulée.

Véronique sentait qu'il y avait un malaise entre les deux adolescents. Elle les regarda tour à tour : Éric avait les yeux rivés au sol et Nicolas le fixait du regard comme s'ils essayaient de cacher un secret, un secret bien gardé, rien qu'à eux.

— Donc, reprit Véronique, si je résume, vous êtes venus vous promener le long du canal, vers 17 heures... En sortant des cours, je suppose ?

— C'est ça, confirma Nicolas.

L'autre ne bronchait toujours pas. La tension était palpable, et Véronique se rendait bien compte de qui menait la danse. C'était Nicolas le dur, le fort. Éric, c'était plutôt le docile, le peureux.

Contre toute attente, elle ne se dirigea pas vers le plus facile à manipuler, mais vers le meneur. Un tête-à-tête, droit dans les yeux cette fois, en lui donnant le premier rang, la place d'honneur, celle qu'il pensait mériter.

Elle traîna ses bottines sur les feuilles mortes et se plaça face à lui, à quelques mètres à peine. Elle pouvait facilement constater sa respiration forte et saccadée, ses narines gonflées et son menton relevé. Il la défiait, elle le savait.

— Nicolas, reprit-elle, comment avez-vous découvert le corps ?

— En nous promenant, on vous l'a déjà dit.

— En vous promenant ? Bien, s'étonna-t-elle en reculant de deux pas. Le chemin du parc est plutôt bien signalé, n'est-ce pas ?

— Oui.

— Donc, il y a bien un chemin tracé et cimenté dès l'entrée du parc jusqu'à la sortie, à quelques mètres seulement du canal. On est d'accord là-dessus. Mais... pour arriver jusqu'ici, jusqu'à l'endroit exact où vous avez retrouvé le corps de la victime, vous devez impérativement sortir des sentiers battus, « si je puis dire », insista-t-elle en mimant des guillemets avec deux doigts de chaque main. Vous êtes donc volontairement sortis du chemin principal, pour vous diriger vers cette zone retirée, impraticable, où il est absolument impossible de se balader. Vous me suivez jusque-là ?

— Oui, confirma Nicolas, qui commençait à perdre de son assurance.

— Pourquoi avez-vous décidé de vous promener dans cet endroit boueux, alors que vous auriez pu rester sur le chemin balisé ?

— Pour rien ! rétorqua Nicolas, fou de rage. On se promenait, c'est tout !

Le père de l'adolescent décréta dans la foulée que l'interrogatoire était terminé.

— Eh, oh ! C'est pas mon fils que vous devriez interroger comme s'il était coupable de quelque chose. Mon fils n'a rien fait, et son copain non plus ! On s'en va, dit-il en agrippant sa progéniture par la manche de sa parka.

Les autres suivirent la cadence. Véronique eut à peine le temps de leur demander de passer au commissariat et de leur préciser que leurs témoignages étaient importants pour l'enquête qu'ils étaient déjà au bout de l'allée.

Alors qu'elle s'apprêtait à retourner près du corps, folle de rage de ne pas avoir obtenu plus de renseignements, elle aperçut Éric qui l'observait de profil, tout en suivant les pas énergiques de sa mère.

***

Lille, 8 octobre 2016.

— Commissaire, dans mon bureau, cria une voix rauque de l'autre côté de l'*open space* du commissariat.

— Tout de suite, répliqua Véronique, un café à la main.

Lorsqu'elle entra dans la pièce, une odeur de tabac froid mélangée à une odeur nauséabonde d'eau de Cologne bon marché envahit ses narines. Alors qu'elle s'apprêtait à refermer la porte derrière elle, Véronique aperçut une silhouette féminine, de dos, vautrée dans un siège capitonné.

Elle n'avait pas l'air très grande, ses jambes effleuraient à peine le sol. Et ses bras, qu'elle tenait appuyés sur les rebords du siège, semblaient épouser parfaitement la longueur de ces derniers. Elle ne se retourna pas. Véronique attendit, déconcertée par la situation.

— Asseyez-vous, De Smet.

La commissaire obtempéra et, piquée par une soudaine curiosité, tourna légèrement la tête vers l'invitée, qui ne daigna à aucun moment, se présenter.

— Commissaire De Smet, je vous présente Bettina... Bettina Rosco, inspectrice en chef à la P.J.F. de Tournai.

Soudain, contre toute attente, l'inconnue se retourna vers Véronique, éclairée par la faible lumière du jour. Elle lui adressa un sourire qui se voulait franc, agréable et courtois, mais qui sonnait faux. Véronique n'était pas dupe, elle savait bien que quelque chose se tramait derrière son dos. Et le sourire émail diamant de cette inconnue aux yeux verts semblait lui donner raison. Que faisait-elle là ? Pourquoi était-elle dans SON commissariat ? Qui l'avait contactée et pourquoi ?

— Bettina, je vous laisse continuer.

Pourquoi tant de familiarité ? Pourquoi l'appelle-t-il par son prénom ? Qu'a-t-elle de si spécial ? pensa Véronique.

— Bonjour, dit l'inspectrice en forçant un peu plus sur son sourire de *telenovela*, sans pour autant tendre la main.

— Bonjour, répondit froidement Véronique.

— Je suis ici pour une raison assez simple, et compliquée à la fois...

— Dites toujours.

— C'est assez délicat mais c'est au sujet de votre enquête sur ce jeune homme retrouvé mort dans le canal de l'Esplanade.

— Oui, et après ?

— Écoutez ce qu'elle a à vous dire, De Smet, l'interrompit son supérieur.

— Bien, j'écoute.

Véronique, agacée, s'appuya sur le dossier de sa chaise et joignit les mains sur ses cuisses. La tension était palpable, on sentait presque le grincement de ses dents.

— Eh bien, comme je vous disais, il s'agit de votre enquête... qui est, comment dire... étroitement liée à la mienne.

— C'est-à-dire ?

— C'est-à-dire que nous venons de repêcher hier matin, un corps dans le canal Nimy-Blaton-Péronnes, qui présente exactement les mêmes caractéristiques que votre victime.

— Soyez plus précise, je vous prie.

— Jeune homme, même tranche d'âge. Pieds et mains liés par une cordelette de lin, visage scarifié au niveau des lèvres et joues, ce que vous connaissez comme le sourire de l'ange... Je continue ?

— Non, ce ne sera pas nécessaire.

— Vous comprendrez, continua l'inspectrice, que nous devons nous unir pour attraper l'assassin de ces jeunes hommes...

— Nous unir ? C'est-à-dire ? dit-elle en interrogeant du regard son chef.

— Vous allez travailler ensemble, De Smet. Main dans la main. Vous allez tout d'abord retrouver l'identité des victimes et retrouver l'assassin, ensemble.

— Ensemble ? Mais c'est du grand n'importe quoi ! Elle travaille à la P.J.F. de Tournai !

— Elle travaillera ici, jusqu'à ce que l'affaire soit résolue, que ça vous plaise ou non, commissaire.

— Bien, puisque je n'ai pas mon mot à dire, puis-je me retirer ? s'empressa-t-elle de demander, déjà debout.

— Hors de question. Vous allez présenter à l'inspectrice en chef tous les éléments que nous possédons sur l'affaire du canal de l'Esplanade.

— Maintenant ?

— Maintenant. Emmenez-la dans votre bureau et prenez le temps de lui expliquer le dossier de A à Z. Je compte sur vous, De Smet.

— Bien, répondit-elle en se dirigeant vers la porte vitrée.

— Je vous suis ? demanda l'inconnue d'une voix mielleuse.

— Oui, pas le choix, grommela-t-elle à demi-mot.

On va bien se marrer...

– 2 –

— Je peux ? demanda Bettina en entrant dans le bureau de Véronique.
— Oui, allez-y, asseyez-vous.
Véronique l'inspecta du coin de l'œil. Elle avait bien compris que cette « intruse » risquait de jouer un rôle important dans son affaire. Ce petit bout de femme qui mesurait tout au plus un mètre cinquante-cinq pouvait parfaitement remettre les pendules à l'heure. Elle en avait peut-être besoin après tout. Elle avait fini par se recroqueviller dans ses fonctions qui étaient devenues insignifiantes et anodines, depuis 2011. Rien ne pourrait jamais égaler ce qu'elle avait vécu, cet hiver-là. Cette humiliation mêlée de solitude et d'aberration. Non, rien ni personne ne lui donnerait plus jamais ce sentiment amer de profonde et douloureuse déception. Elle s'était juré de ne plus retomber dans le panneau.

Ni de l'amour ni de l'amitié. À quoi bon ? Son cœur n'était plus. Il avait été écrabouillé et dispersé sous des montagnes de larmes, qu'elle avait dû sécher, seule.

Alors qu'elle observait la ville enveloppée d'un crachin régulier, Bettina reprit la parole :

— Merci. J'ai apporté le dossier de la victime repêchée dans le canal Nimy-Blaton-Péronnes.

Elle extirpa un dossier marron de son cartable et le déposa délicatement sur ses genoux. Elle y plaça stratégiquement ses mains serrées et attendit que Véronique prenne la parole.

— Parfait, je vais chercher le mien, dit celle-ci dans la foulée.

Véronique se mit alors à dépoussiérer son bureau, jonché de documents divers et variés, et finit par retrouver le dossier du canal de l'Esplanade sous une pile de photocopies.

— Nous n'avons pas encore pu l'identifier, reprit Véronique.

— Aucun avis de recherche qui corresponde à son profil ?

— Aucun. Et vous ?

— Aucun non plus. C'est comme si...

— ... c'est comme s'ils n'existaient pas.

— Exactement. Je pense qu'il serait peut-être bon de procéder par étape, proposa Bettina en se levant. J'ai vu la salle de réunion tout à l'heure, et il y a un tableau en liège si je ne m'abuse, c'est bien ça ?

— Oui, tout à fait, acquiesça Véronique.

— Serait-il possible d'en apporter deux, ici même ?

— Ça devrait être faisable... Mais pourquoi voulez-vous deux tableaux, ici ?

— Eh bien, ici, pour être tranquilles, et deux tableaux, car ils nous permettront de distinguer d'un coup d'œil les similitudes et les différences entre les deux meurtres. Nous les mettrons côte à côte, ça nous permettra d'être plus efficaces, vous ne croyez pas ?

— Si vous le dites...

— J'ai vu ça dans un épisode d'*Esprits Criminels*, lança-t-elle tout sourire, j'ai trouvé l'idée géniale !

Elle s'éclipsa dans la salle de réunion, et Véronique, interloquée par ce bout de femme, finit par la suivre. Dix minutes plus tard, deux tableaux en liège à roulettes trônaient dans la pièce.

— Voilà ! s'exclama-t-elle, visiblement satisfaite du résultat. Vous voyez que ce n'était pas si difficile d'en trouver un deuxième ! Nicolas trouve toujours une solution à tout ! Nous voilà enfin prêtes pour commencer !

Nicolas ? Pourquoi l'appelle-t-elle par son prénom ? C'est quand même le chef, bordel ! Pourquoi tant de familiarité ?

***

Plus d'une heure s'était écoulée lorsque Bettina ajouta la dernière punaise au tableau dont chaque millimètre de la surface en liège était maintenant rempli.

— Bien, dit-elle en s'éloignant du support pour avoir une vue d'ensemble.

Les deux mains posées sur les hanches, Bettina semblait satisfaite du résultat.

Elle arborait son sourire habituel, son sourire Émail diamant.

— Nous y voilà, dit-elle, en jetant un œil inquisiteur au tableau de Véronique, qui ne semblait pas satisfaire son goût de la perfection. Elle fit la moue.

— Et maintenant ?

— Maintenant, nous allons comparer nos deux planches. Si vous avez fait les choses comme je vous les ai expliquées tout à l'heure, nous n'allons pas tarder à débusquer des indices qui nous ont échappé jusque-là... Voyons voir...

Bettina prit quelques minutes, le temps de scruter de près les preuves de l'enquête de Véronique, fit un pas en arrière, puis deux. Et s'arrêta subitement.

— Les miennes, je les connais bien, lança-t-elle à Véronique.

— Quoi donc ?

— Mes preuves, commissaire... Vous allez bien ? Je vous sens ailleurs... Si vous le souhaitez, nous pouvons prendre quelques minutes de pause, le temps de...

— Non. Ça ira, continuons. Plus vite nous trouverons le coupable, plus vite nous pourrons en terminer...

— Bien, procédons par étape. Tout d'abord, le profil physique des victimes. Jeunes hommes, entre 18 et 25 ans, grands et minces. Il semblerait qu'ils soient blonds tous les deux, vêtus de manière similaire. Même si, pour ma part, ma victime a subi quelques lésions de charriage, comme vous pouvez le constater sur cette photo et sur celle-ci. Ses vêtements ont été râpés par les graviers et par divers objets abandonnés, retrouvés dans le canal. Tous les deux ont des lésions au niveau des genoux, des mains et de la tête. Ma victime présente même un crâne dénudé au niveau du front, pour une raison évidente...

— Et quelle est-elle, cette raison si évidente ?

— Si l'on s'en tient aux résultats du labo, ajouta-t-elle en feuilletant son dossier, tout est clairement expliqué. Vous l'avez lu ?

Tout sourire, elle n'attendit pas la réponse de Véronique et poursuivit son discours :

— Le cheminement sous l'eau pour une personne noyée du genre masculin se fait en position ventrale, fléchie. Et donc, forcément, les lésions sur la victime seront accentuées sur les pieds, les genoux, les mains et parfois même sur le haut du crâne, comme pour ma victime. Ensuite, tout dépendra de sa trajectoire, des obstacles rencontrés durant son parcours et du lieu où le corps est retrouvé...

— Bien, merci pour cette explication et cette démonstration très instructives, inspectrice, c'est très clair.

— Mais je vous en prie, tout le plaisir est pour moi, répondit-elle, passant outre le sarcasme dans le ton de sa nouvelle coéquipière.

Bettina avait du répondant, c'est le moins que l'on puisse dire. Du répondant ou de la naïveté, ça, Véronique ne le savait pas encore.

C'était une femme assez sobre, en tailleur pantalon, quarantaine passée, cheveux longs bouclés et roux, un brin négligés. Elle ne portait aucun bijou mis à part une alliance qui semblait incrustée dans son annulaire. Ses moments de répit, rien qu'à elle, elle ne les vivait que devant la télé. Elle dévorait sans compter toutes les séries américaines qui dépeignaient l'univers policier. Des séries qui lui retranscrivaient de manière édulcorée le monde dans lequel elle vivait, en tant qu'inspectrice à la Police Judiciaire Fédérale de Tournai. Alors elle s'imaginait à bord d'un jet privé, partant à l'aventure comme *profiler* pour le FBI ou comme experte en informatique pour décrypter les conversations cachées des détenus. Oui, Bettina souriait, Bettina se sentait légère, Bettina se sentait heureuse... devant ses séries TV.

— Donc, si je m'en tiens à votre théorie...

— Ma théorie non, celle des médecins légistes vous voulez dire...

— Celle des médecins légistes... reprit Véronique. Ma victime a été retrouvée contre un barrage sous le pont du canal de l'Esplanade. C'est ce qui a bloqué le corps et l'a empêché de poursuivre sa route.

— Vous voyez, votre victime ne porte pas les mêmes signes de dégâts périphériques que la mienne. Au contraire, rien ne semble avoir été arraché ni fracturé, ce qui veut dire...

— ... ce qui veut dire que le lieu où l'on a retrouvé le corps peut être celui où il a été déposé...

— Exactement ! lança Bettina qui arborait un sourire jusqu'aux oreilles.

— Au niveau du visage, tous deux portent la marque d'une scarification, connue sous le nom du sourire de l'ange.

— Je ne suis pas le professeur Tournesol mais d'après les recherches de mon équipe sur le sujet, cet acte de barbarie a commencé à être mis en pratique au début des années 2000 par deux amis encore mineurs. Ils s'attaquaient à des jeunes filles, à la sortie du lycée. Ils les attendaient dans les bouches de métro ou dans un endroit isolé, leur scarifiaient les commissures des lèvres et les violaient tour à tour. Les jeunes filles, en se débattant, criaient et donc élargissaient l'ouverture faite par un couteau fortement aiguisé. Une histoire terrible...

— Quelle horreur, quelle bande de pourritures !

— Je ne vous le fais pas dire, la coupa l'inspectrice, visiblement choquée par son langage familier. Mais ne vous inquiétez pas, ils sont derrière les barreaux, ces voyous.

— Encore heureux !

— Oui, bon, on n'est pas là pour polémiquer sur des affaires classées, nous n'avons malheureusement pas le temps pour ça. Continuons, si vous voulez bien.

— Je vous écoute, répliqua froidement Véronique, les bras croisés et le regard noir.

***

— Bien, comme je vous disais, concentrons-nous sur l'affaire...

— Je suis tout ouïe, dit la commissaire en buvant une gorgée du café tout juste apporté par sa secrétaire.

— Alors en ce qui concerne le profil physique des victimes, nous avons fait le tour, n'est-ce pas ?

— Tout à fait.

Véronique se rapprocha de son tableau et se plaça face à Bettina. Un stylo à la main, elle commenta ses impressions concernant le *modus operandi* du meurtrier.

— Bon, comme on a pu le constater toutes les deux, il s'agit bien là d'un meurtrier en série, ou *serial killer* si vous préférez, vous qui êtes fan d'*Esprits Criminels*.

Bettina ne se rendit pas compte de l'attaque personnelle et attendit, les bras croisés et les yeux plissés.

— Bien, continua Véronique, voyant que son commentaire n'avait pas eu l'effet escompté. On peut en déduire, d'après les physiques très proches des victimes, qu'il les choisit avec soin. L'assassin ne s'attaque pas à n'importe qui, il prend son temps. Il semblerait qu'il savoure ce moment de « rencontre », avec les victimes.

— Qu'est-ce qui vous fait penser cela ?

— Selon le rapport de toxicologie, les victimes ont été droguées avec du Rohypnol, ce qu'on connaît communément sous le nom de drogue du violeur.

— Oui, c'est ce que j'ai lu dans les rapports...

— Comme vous le savez sûrement, c'est un sédatif très puissant qui endort l'individu et il est presque impossible pour la future victime d'en détecter la présence : il est malheureusement quasiment incolore, sans aucun goût et se dissout rapidement.

— Où voulez-vous en venir ? insista Bettina en mordillant le capuchon de son stylo.

— Je pense que le meurtrier et les victimes se sont retrouvés dans la même pièce à un moment donné, qu'ils ont bu un verre ensemble ou que le meurtrier a réussi à dissoudre le Rohypnol dans leur boisson, sans qu'elles s'en aperçoivent... donc... un lieu public...

— Un bar ou une discothèque ?

— C'est fort possible.

— Combien de temps met cette drogue à agir ?

— Elle commence tout doucement à avoir de l'effet trente minutes après absorption mais atteint son pic d'activité en deux heures. Il ne faut pas oublier que l'effet peut persister durant huit heures...

— Tant que ça ?

— Malheureusement oui... Mais là où je voulais en venir, c'est que le meurtrier n'a pas choisi ses victimes au hasard, il les a sûrement accostées. Peut-être même qu'ils se sont plu, ce qui aurait poussé la victime à le suivre... Je crois fermement qu'il s'agit là d'un meurtre très organisé et planifié...

— Vous voulez dire que l'assassin aurait pu donner rendez-vous à ses victimes ? demanda l'inspectrice les yeux écarquillés.

— C'est probable. Nous ne devons écarter aucune hypothèse...

— Bien, bien. Je suis d'accord avec vous sur ce point. Donc le meurtrier utilise le même mode opératoire pour ses victimes, en les droguant ; ensuite, lorsqu'elles sont relativement endormies, il leur attache pieds et mains avec une cordelette de lin...

— Pas très commun comme type de corde...

— En effet... ensuite, le meurtrier les scarifie au niveau de la commissure des lèvres. D'après les résultats du laboratoire, les victimes étaient éveillées lorsqu'elles ont été poussées dans le canal. Vous voyez, indiqua Bettina en désignant une photo sur le tableau, la cornée s'opacifie très vite après le décès et une tache noire, comme ici, apparaît près de l'iris, si les yeux sont restés ouverts. Ça aussi, je l'ai vu dans un épisode d'*Esprits Criminels*... De plus, les examens médicaux montrent que les victimes ont tenté de reprendre leur souffle, elles avaient toutes les deux de l'eau dans les poumons. Il semblerait donc qu'elles se sont débattues dans l'eau alors qu'elles étaient en train de se noyer, attachées et somnolentes...

— Mais pas tout à fait endormies...

— Assez cependant pour ne pas avoir la force de se détacher... car si vous observez bien ces photos, vous verrez que les mains des victimes n'étaient pas entravées dans le dos, mais devant...

— Donc elles auraient pu...

— ... si elles en avaient eu la force...

— C'est terrible !

— Je ne vous le fais pas dire... dit Bettina en faisant la moue.

— Donc les victimes ont eu le temps de se rendre compte qu'elles étaient en train de crever ?

— De mourir, oui, exactement.

— Mais merde, c'est de la torture !

— J'en ai bien peur...

— On a affaire à un malade, un pur sadique !

— On a affaire à quelqu'un qui sait ce qu'il fait, et il ne va pas en rester là, croyez-moi...

- 3 -

— Je ne sais pas pour votre victime, mais la mienne avait un signe distinctif, reprit Bettina.

— Lequel ?

— Un tatouage ! Et pas n'importe quel tatouage, et pas sur n'importe quelle partie du corps...

— Un tatouage qui va peut-être pouvoir nous mettre sur une piste ?

— J'espère bien. Regardez : un corbeau avec les ailes déployées, sur sa fesse droite. Ce n'est pas commun tout de même, vous ne trouvez pas ?

— Ah non, c'est clair, consentit Véronique en s'approchant du cliché en question. Jolies fesses...

Bettina lui jeta un regard coquin sans perdre de vue son objectif : rester concentrées pour trouver l'assassin au plus vite. Il n'était pas question pour elle de laisser sa ville entre les mains d'un meurtrier fou. Il fallait que ça cesse, et vite.

— Mes collègues de Tournai font des recherches dans tous les studios de tatouage de la région. Avec un peu de chance, on pourra l'identifier de cette façon...

— Bien. En ce qui concerne ma victime, reprit Véronique les mains dans les poches de son jean, les examens radiologiques nous ont donné certaines informations qui pourraient bien nous aider...

— Lesquelles ?

— La victime a subi une rhinoplastie qui semble récente et présente aussi une fracture ancienne au niveau du tibia.

— Intéressant... On peut peut-être l'imaginer évoluant dans un sport ou un métier à risque...

— Ou un étudiant en STAPS.

— Oui, évidemment, répondit l'inspectrice, déçue de ne pas y avoir pensé.

— Visiblement, ça ne leur a pas servi à grand-chose... ils auraient mieux fait de se casser les jambes avant de rencontrer leur meurtrier...

Bettina sembla soudain froissée, gênée par ce qu'elle venait d'entendre. Son sourire habituel s'effaça d'un coup. Elle se frotta machinalement la joue gauche et, inquiète, s'assit sur le bureau.

— Quelque chose ne va pas ? la questionna Véronique.

— Non, rien. Tout va bien.

— OK, répondit-elle sans s'en préoccuper davantage.

— Vous savez quoi ? lâcha Bettina en se levant d'un bond, les yeux verts exorbités.

— Quoi ?

— Rien, rien, je préfère me taire, j'ai besoin de prendre l'air, lança-t-elle avant de claquer la porte derrière elle.

Mais elle est vraiment folle celle-là, pensa Véronique. *Qu'est-ce que j'ai dit encore, bordel ?*

***

Véronique resta debout près de la fenêtre entrouverte et prit le temps de fumer malgré le froid qui lui fouettait le visage. Elle regardait les passants, les couples bras dessus bras dessous, les poussettes, les sourires des enfants, et elle, enfermée dans son bureau, se sentait plus seule que jamais.

Quelques années s'étaient écoulées depuis cet hiver 2010 et elle avait essayé tant bien que mal de tout oublier. Bernier, Benjamin, Élise... Trop, c'était bien trop pour elle. Elle avait tout perdu en à peine quelques semaines. Ses repères, sa vie, son monde. À présent, elle se sentait vide et inutile. Elle ne faisait que penser à son existence et au fait que personne ne la pleurerait si elle venait à disparaître. Alors oui, plusieurs fois elle y avait pensé... elle s'était noyée dans l'alcool, dans les médicaments. Au péril de sa vie, au péril de sa mort, elle avait survécu. Alors elle s'était dit que cette existence qu'elle n'avait pas choisie devait bien signifier quelque chose. Peut-être que son destin l'attendait, là, derrière cette fenêtre au double vitrage. Et peut-être qu'elle aussi aurait droit un jour à ce bonheur qu'elle désirait tant.

Au bout de quelques minutes, Véronique sortit de son bureau et se dirigea vers celui de son supérieur, qui la reçut, une fois n'est pas coutume, pipe au bec.

— Que se passe-t-il, commissaire ?
— Je viens vous voir au sujet de l'inspectrice Rosco...
— Oui ?
— J'aimerais ne plus avoir à travailler avec elle, lâcha-t-elle sans mâcher ses mots.
— Ah bon ? Et, pour quelle raison ?
— Elle est bizarre, un point c'est tout.
— Vous ne vous entendez pas ? Vous vous fichez de moi, De Smet ?
— Elle est complètement folle ! s'emporta-t-elle. Elle est tout sourire pendant des heures et d'un coup, sans savoir pourquoi, elle pète un plomb ! Elle est sortie de mon bureau en claquant la porte, sans aucune explication !
— Vous parliez de quoi au juste ?
— Je ne sais plus trop, sur le métier possible des victimes.
— Et alors ?
— Et alors rien, je lui ai juste dit qu'ils auraient mieux fait de se casser les jambes avant de tomber sur le meurtrier.
— OK, répondit son supérieur en fronçant ses sourcils drus. Laissez-lui un peu de temps, tout ira bien. Demain matin, vous irez au commissariat de Tournai.

Et il se replongea dans ses dossiers. Véronique, stupéfaite par sa réaction, ne trouva rien à rétorquer.

**

Lorsque Véronique sortit du bureau de son supérieur, elle jeta un rapide coup d'œil vers l'*open space* du commissariat. Elle y vit tous ses collègues travailler d'arrache-pied : Vidal au téléphone, les autres, plongés dans une masse de dossiers. L'atmosphère lui semblait beaucoup plus pesante que d'habitude. Ce brouhaha infernal et ces murs peints en blanc lui rappelaient de bien tristes souvenirs...

Le blanc des murs de la salle d'audience du tribunal de grande instance de Lille et les cris de victoire des assistants, juste après la délibération des jurés. Et Élise, installée sur le banc des accusés. Son regard d'un bleu intense, voilé par une tristesse profonde. Sa façon de l'observer, comme si elle lui implorait son pardon.

Véronique avait bien senti cette pression sur sa poitrine, ce cri intérieur qui, mêlé à une profonde angoisse, avait bien failli lui faire perdre pied.

Mais le pire pour Véronique avait été lorsque Élise s'était mise à parler.

Ses cheveux fades et plats étaient attachés en queue de cheval. Le visage blafard, rehaussé par un rouge intense sur les lèvres, elle portait une robe tailleur noire, beaucoup trop grande pour elle. Elle semblait si petite à l'intérieur de ce bout de tissu, si fragile, appuyée contre la barre, que rien n'aurait pu laisser envisager qu'elle puisse être capable de tels actes.

Ignominie.

Voilà ce qu'avait ressenti Véronique lorsque Élise avait tenté de se racheter aux yeux du monde, grâce à la délicatesse de ses mots et la douceur de sa voix. Pourtant, lorsque Véronique l'observait, elle ne pouvait pas s'empêcher de ressentir de la pitié envers cette femme qui avait été sa seule et unique amie.

Élise braquait ses yeux sur elle, prenait le temps de lui transmettre chaque émotion, à travers cette fragilité qu'elle avait su détecter très tôt. Elles semblaient n'être que toutes les deux dans la salle, dans un ultime face-à-face, dans une réunion intime qu'elles n'avaient malheureusement pas choisie.

Alors Véronique avait pris le temps de l'écouter, de décortiquer chaque mot prononcé pour comprendre son geste, pour comprendre cette trahison qui l'avait marquée bien plus qu'elle n'aurait pu l'imaginer.

Après cinq jours intenses de procès, la sentence. Le choc. Le réveil brutal à la réalité.

– 4 –

Après avoir laissé sa voiture dans son garage étriqué, Bettina se dirigea vers la porte d'entrée de sa maison individuelle, à deux pas de Tournai. Depuis quelques années, seul le rez-de-chaussée de son duplex de 130 mètres carrés était utilisé. La décoration, un brin vieillotte, restait tout de même agréable à regarder.

Lorsqu'elle passa la porte, une odeur qu'elle connaissait bien envahit ses narines. Une odeur de médicaments, de soins hospitaliers. Chaque soir, lorsqu'elle rentrait chez elle, Bettina avait l'impression de pénétrer dans la chambre aux dimensions démesurées d'un hôpital privé.

— Bonsoir, dit-elle en lui déposant un baiser sur le front.

— Hum, grogna-t-il.

— Tu as passé une bonne journée ?

— Tu crois vraiment que je vais passer une bonne journée, enfermé ici comme un chien ?

Et tous les soirs, c'était la même rengaine. Après avoir échangé trois mots avec son mari, Bettina préparait le dîner, seule, dans la cuisine. Elle déposait ensuite les assiettes sur la table du salon devant la télé, où ils dînaient tous les deux, l'esprit accaparé par le son du journal télévisé. Bettina savait que la télévision était une bonne solution. Sa mère lui avait toujours dit, rien de tel qu'une occupation pour éviter tout problème.

Alors, elle avait pris ce conseil comme une résolution. Et, au fil de chaque information, les bruits de couverts disparaissaient pour se fondre dans le décor d'un monde organisé.

***

À 11 h 30, Véronique se gara devant le commissariat de Tournai. Elle entra dans l'enceinte de l'établissement où le style moderne s'alliait parfaitement à l'ancien. Murs en brique typiques des bâtisses flamandes et lumières d'ambiance bleutées créaient un espace particulier où Véronique se sentit tout de suite à l'aise.

À l'entrée, deux agents semblaient l'attendre et ne vérifièrent ni sa plaque ni sa pièce d'identité. Ils lui firent un signe de tête approbateur, signifiant qu'elle était libre de passer.

Ici aussi c'était un *open space*, mais bien plus grand que celui de Lille. De jolis bureaux individuels aux tons blanc et bois étaient répartis dans la pièce. Tout semblait ordonné et méticuleusement rangé. Les dossiers ne traînaient pas sur les tables désorganisées, les gobelets en plastique ne débordaient pas dans les corbeilles à papier. Tout était clair.

Alors qu'elle cherchait Bettina du regard, Véronique l'aperçut assise à un bureau isolé, à droite de l'entrée. Elle avait l'air complètement absorbée par son travail. Ses longs cheveux débordaient sur son chemisier et glissaient contre la peau de son décolleté, parsemée de fines taches de rousseur.

— Vous me faites penser à quelqu'un, lui lança Véronique.

— Ah oui ? À qui ? demanda Bettina sans grand intérêt.

— À une petite fille... une petite fille que j'ai connue, il y a longtemps maintenant...

— J'ai une grande nouvelle pour vous, commissaire, dit-elle sans prêter attention à sa remarque.

— Laquelle ?

— On a retrouvé l'identité de la deuxième victime.

— C'est super ! s'exclama la commissaire en laissant tomber son sac sur le bureau de sa coéquipière. Alors, comment avez-vous fait ?

— Un de mes collègues a fait son enquête auprès de tous les tatoueurs de la région. Et, par chance, on a retrouvé celui qui lui a tatoué...

— ... son fameux corbeau sur la fesse ?

— C'est bien ça, le corbeau... figurez-vous qu'on a eu une sacrée veine.

— Pourquoi ?

— Parce qu'il était français, lillois d'origine. Thomas Colin, 24 ans, étudiant en deuxième année dans l'armée de terre, pour devenir ingénieur, ajouta Bettina en regardant ses notes.

— Il étudiait ici ?

— Oui. Ce n'était malheureusement pas un élève très assidu, voilà pourquoi nous n'avons eu aucune plainte pour absentéisme de la part de son école.

— Et les parents ?

— Le père, rectifia-t-elle, était apparemment habitué à ce qu'il ne donne pas de nouvelles durant plusieurs semaines. Il ne s'est pas vraiment inquiété. Il avait vraiment l'air effondré ce matin lors de l'identification du corps...

— Moi, je me demande bien ce que foutent les parents pour oublier leur gosse de cette façon, ça me dépasse...

— Il travaille beaucoup, semble-t-il, et la mère est malheureusement décédée. Mais vous pourrez lui poser cette question vous-même, lança l'inspectrice en attrapant son manteau marron foncé sur le dos de la chaise. On va lui rendre une petite visite.

***

Dans la voiture qui les menait dans le quartier du Vieux-Lille, Véronique et Bettina ne s'adressèrent pas la parole. Elles semblaient toutes les deux absorbées par leurs pensées et, chacune dans leur coin, s'imprégnèrent de la fraîcheur automnale. Le paysage était triste en cette saison, les feuilles mortes jonchaient les pavés de ce quartier prisé.

Une brume épaisse s'était installée depuis quelques jours et ne faisait que s'accroître au fil des heures. Dès leur sortie du véhicule, elles furent immédiatement enveloppées par ce nuage grisâtre et avancèrent lentement vers le numéro 17 de la rue au Péterinck.

Une bâtisse sur trois étages aux couleurs pastel semblait surgir des brumes. Les branchages d'un énorme châtaignier se languissaient sur le toit haut perché, formé par des tuiles marron encrassées par une pluie latente.

Ici, il n'y avait pas de sonnette, juste un heurtoir en laiton poli, légèrement rouillé, agrémenté d'une gueule de lion. Véronique prit le heurtoir dans sa main droite et tapa trois coups. Au bout de quelques secondes, un grand monsieur maigrelet ouvrit la porte. C'était un homme d'une soixantaine d'années, bien conservé, propre sur lui. Son petit pull jacquard combiné à un pantalon grenat en velours côtelé lui donnait un air de poète maudit. Il était là, les yeux ronds perdus dans ses lunettes carrées, une main contre la porte, et l'autre, dans la poche de son pantalon.

— Oui ? demanda-t-il d'une voix grave.

— Bonjour, commença Bettina, je me présente : je suis l'inspectrice Rosco, et voici la commissaire De Smet. Nous sommes ici concernant...

— Mon fils.

— Oui, c'est bien ça.

— Entrez.

Les deux femmes, mortes de froid, ne se firent pas prier et le suivirent dans cette jolie demeure un brin décalée. Le couloir, long et étroit, était habillé de tableaux impressionnistes et de natures mortes, suspendus contre un papier peint magenta, aux reliefs baroques et fleuris.

Au rez-de-chaussée, une seule pièce à vivre, le salon. Un immense salon où de nombreux bibelots, miroirs et toiles semblaient partenaires dans une danse macabre, et où la mélancolie rôdait et suintait sur les murs, tantôt de bois, tantôt de briques.

— Un café ?

— Oui, je veux bien, répondit Véronique.

— Également, ajouta Bettina.

Alors qu'il prenait les escaliers pour se rendre à la cuisine, Bettina et Véronique inspectèrent les lieux. Elles avaient l'impression d'être dans un musée ambulant, un espace où le kitch était de mise, comme si les habitants de cette demeure provenaient d'un autre temps. Une tour d'ivoire pour un triste tombeau.

Véronique se leva du fauteuil Chesterfield et se dirigea vers la commode face à la cheminée. Elle y vit des cadres, en noir et blanc et en sépia. Des photos de famille... la mère, le père et le fils au milieu, le regard perdu dans les méandres de son esprit tourmenté d'adolescent.

Véronique se demanda alors ce que Thomas pouvait bien penser, là, sur ce cliché aux couleurs d'été, et là, sur cette photo aux sports d'hiver. Un air ailleurs, un air mélancolique et fragile, un air qui ne correspondait pas du tout à la carrière professionnelle dans laquelle il s'était engagé.

- 5 -

La chambre de Thomas était, contrairement au reste de la maison, d'une incroyable sobriété. Impersonnelle, froide, sans âme. Les murs et tout le mobilier étaient blancs. Ici, pas de cadres, pas de posters ni de photos. On aurait presque dit une chambre d'hôpital où l'ordre et l'austérité étaient de mise.

Alors qu'elles fouillaient la chambre, au troisième étage de la maison, Véronique tomba sur un vieux journal intime caché sous une pile de vêtements, dans la commode, face au lit.

— Pas commun pour un ado, lança Véronique à sa coéquipière.

— Quoi donc ?

— Un journal intime. C'est plus un truc de filles, non ?

— Je ne vois pas pourquoi ça ne devrait être réservé qu'aux jeunes filles... les garçons aussi souffrent vous savez, répondit-elle visiblement froissée.

— Si vous le dites...

Véronique s'installa sur le bord du lit et se mit à feuilleter le petit carnet noir. Tout y était parfaitement organisé. Les évènements qui y étaient relatés dataient du lycée : les premiers flirts, les premiers baisers volés, les premières déceptions amoureuses, les premières disputes virulentes avec les parents, la colère, l'angoisse, le désespoir, l'incompréhension, la solitude d'un gamin en manque d'affection.

— Vous pleurez ? l'interrogea Bettina.

— Pas du tout ! Pourquoi dites-vous ça ?

— Pour rien, vous m'aviez l'air émue... pour une fois...

Véronique se leva d'un bond, furax, glissa le carnet noir dans un sachet en plastique et le conserva comme pièce à conviction.

— Vous avez trouvé quelque chose, vous ? demanda-t-elle à Bettina.

— Non, rien. Pas d'ordinateur, ni de téléphone, ni de tablette.

— Ça doit être dans sa chambre étudiante, ça.

— Certainement oui, nous irons y jeter un œil tout à l'heure.

— Très bien. Bettina, je peux vous poser une question ?

— Dites toujours, lança-t-elle en surélevant son sourcil droit.

— Je me demandais pourquoi vous étiez partie comme ça en claquant la porte de mon bureau, l'autre jour.

— Pour rien, ne vous en faites pas. Nous devrions y aller.

— Écoutez, lui dit Véronique en la retenant par le bras. Nous allons travailler ensemble sur cette affaire, que nous le voulions ou non. Alors, il vaudrait mieux essayer de s'entendre, vous ne croyez pas ?

Bettina fixa son regard sur la main de Véronique, agrippée autour de son avant-bras, et, sans même lui adresser un mot, se dégagea de son emprise. Elle descendit les escaliers et rejoignit le père de Thomas, installé sur le fauteuil Chesterfield du salon, jambes croisées.

— Alors ? fit-il en les voyant.

— Alors rien, répondit Véronique, tout juste arrivée dans la pièce principale. Rien pour le moment en tout cas. Monsieur Colin, puis-je vous poser quelques questions sur votre fils ?

— Bien sûr, allez-y.

— J'aimerais savoir comment était Thomas dans la vie de tous les jours. S'il s'entendait bien avec vous, s'il avait beaucoup d'amis, une petite amie peut-être ?

— Mon fils était quelqu'un de très introverti, répondit-il en baissant les yeux vers le sol. Il ne parlait pas trop, avait très peu d'amis. Puis, en terminale, il a commencé à avoir de mauvaises fréquentations... Il rentrait tard, ne révisait pas. C'était peine perdue pour sa mère et moi. Il ne nous écoutait pas, n'en faisait qu'à sa tête. Ma femme a réussi à le maintenir à flot et il a décroché son bac, tant bien que mal...

— Et après ? insista Véronique.

— Après, ma femme est morte, et il s'est renfermé sur lui-même. Il ne voulait pas aller à la fac, ne faisait rien de ses journées, sauf traîner avec ses mauvaises fréquentations... Je ne savais plus quoi faire avec lui, il est allé beaucoup trop loin, dit-il en sanglots. Alors, je l'ai fait admettre dans une école militaire de Tournai, grâce au piston d'un ami... J'avais vraiment foi en sa réhabilitation, je pensais qu'il avait enfin trouvé sa voie...

— Vous saviez qu'il n'allait pratiquement jamais en cours ? demanda Véronique.

— Non... je ne le savais pas, dit-il en séchant ses yeux brouillés.

— Bien, je pense que ça sera tout pour aujourd'hui. Nous reviendrons vers vous dès que nous en saurons davantage sur ce qui est arrivé à votre fils, lança Bettina, une main tendue vers lui. Au revoir, monsieur Colin, à bientôt.

— À bientôt, répondit-il en refermant la porte derrière elles.

***

Les deux femmes reprirent la route vers la chambre d'étudiant de Thomas, située dans l'enceinte même de l'école, à une trentaine de minutes de la maison aux couleurs pastel. Une fois n'est pas coutume, le silence s'invita durant tout le trajet.

En arrivant devant l'école militaire, Bettina se présenta au directeur de l'établissement, le commandant

Cuvelier et demanda, sans plus attendre, à voir la chambre de Thomas.

— Veuillez me suivre, ordonna-t-il d'un ton sévère.

Sa démarche était rigide, comme celle de tous les militaires. Son uniforme lui seyait à merveille, pas un pli sur son tissu 100 % coton. Il portait des bottines noires, tellement lustrées qu'on aurait pu s'y regarder pendant des heures, comme dans un miroir. Le commandant Cuvelier était grand, au moins un mètre quatre-vingt-dix, la petite quarantaine, cheveux blond foncé coupés à la brosse, de grands yeux noirs.

Véronique, elle, resta à l'écart. Deux pas derrière eux, elle les suivait dans le long couloir qui menait aux chambres. Elle les observait de loin, surtout lui, à vrai dire. Sa démarche, son dos large et visiblement musclé, ses mains qui empoignaient un énorme trousseau de clés l'attiraient comme un aimant. Bernier...

— C'était un bon élève, Thomas Colin ? commença Bettina.

— Pas vraiment, non. Il a déjà redoublé et n'assistait pas beaucoup aux cours.

Alors qu'ils arrivaient devant la porte de la chambre de Thomas, il se retourna instinctivement vers Véronique et lui adressa un sourire, qu'elle ne put que lui rendre.

Bettina fit semblant de ne pas prêter attention à ce qui se passait entre eux. Elle feignit de ne pas percevoir l'alchimie qui opérait en ce moment même, face à elle. Elle continua de parler et de poser des questions au commandant Cuvelier qui y répondit tel un automate.

Les yeux du militaire fixaient Véronique qui se savait observée et rougissait de manière presque instantanée. Elle qui habituellement menait la danse se sentait aujourd'hui, face à cet homme, comme une adolescente de 15 ans.

La chambre de Thomas était plongée dans l'obscurité ; les persiennes fermées laissaient difficilement s'infiltrer un faible rayon de lumière. De fines particules de poussière envahissaient ce faisceau lumineux dans une danse céleste.

Véronique s'approcha du lit et s'y installa, les yeux fixes.

Bettina appuya sur l'interrupteur, à l'entrée sur la droite, et une lumière aveuglante inonda les neuf mètres carrés de la pièce. Elle se dirigea ensuite vers la fenêtre ; elle ouvrit les persiennes, laissant entrevoir une pluie battante de l'autre côté de la vitre.

— Temps de chien, lança-t-elle.

Toujours sur le lit, Véronique scrutait les moindres recoins de la chambre. Elle se leva brusquement, comme réveillée par une intuition fulgurante, et fila droit vers la commode face à la fenêtre. Un ordinateur y était rangé, entouré par un torchon à carreaux.

— Pourquoi cacher son ordinateur portable ? demanda Véronique.

— Pour éviter qu'on le lui vole ? intervint le commandant Cuvelier.

— Il y a beaucoup de vols ici ?

— Pas plus qu'ailleurs, mais oui, ça peut arriver.

— S'il l'a fait, c'est que ça lui était déjà arrivé... pensa Véronique tout haut.

Elle sortit l'ordinateur portable de son étui improvisé et l'alluma, mais, comme elle le craignait, le PC réclama un mot de passe qu'elle ne pouvait malheureusement pas lui donner.

— On le prend, lança Bettina au commandant Cuvelier.

— Bien. Vous avez besoin d'autre chose ?

— Non, il n'y a rien de plus dans cette chambre qui pourrait nous être utile. Tout se joue dans cet ordinateur, répondit Véronique en le plaçant sous son bras.

— Bien, je vous accompagne à la sortie alors, j'ai du travail qui m'attend.

— Nous reprendrons contact avec vous si d'autres questions surgissent durant l'enquête.

Il tendit sa carte à la commissaire.

— Voici mon numéro personnel, n'hésitez pas à m'appeler si besoin...

— Je n'y manquerai pas, répondit Véronique visiblement intimidée.

***

— C'était quoi ce truc ? demanda Bettina en entrant dans la voiture.

— Quel truc ?

— Vous croyez que je n'ai pas remarqué votre manège à tous les deux ? dit-elle en souriant, les yeux pleins de malice.

— Ne dites pas n'importe quoi...

— Mouais... si vous voulez, mais moi j'ai bien vu la façon dont il vous dévorait des yeux...

— Vous regardez trop la télé, Bettina.

Celle-ci ne pipa mot et mit le moteur de la Citroën en route. Cette alchimie entre deux parfaits inconnus avait ravivé quelque chose en elle. De vieux souvenirs enfouis dans une mémoire brisée.

La rencontre avec son mari, la toute première fois qu'elle avait croisé sa route. Cela s'était produit un peu de la même manière finalement... lui, capitaine de police et elle, simple agent à l'époque. Il était si doux, si attentionné, si passionnel. Maintenant, il n'était plus qu'une âme sombre, emprisonnée dans son propre corps.

Si seulement... si seulement rien de tout ça n'était arrivé, si seulement elle pouvait gommer le passé comme on gomme une phrase raturée. Juste un mot, juste une fraction de seconde, un mouvement. Remonter dans le temps, c'est tout ce dont elle aurait besoin pour récupérer l'homme qu'elle avait tant aimé.

– 6 –

Le son d'une clochette en laiton résonna à l'entrée, lorsque Véronique et Bettina pénétrèrent dans le salon de tatouage à la mode, rue du Curé Notre-Dame à Tournai.

La pièce, à la décoration vintage, regorgeait d'objets divers et variés, dénichés dans les brocantes de quartier ; les murs étaient tapissés dans un style baroque, agrémentés par des tableaux, des miroirs et même des masques qui représentaient des animaux sauvages. Sur les étagères posaient des statues africaines, de vieux appareils photo, des boules de billard et même des bouteilles vides de whisky.

Le comptoir, lui, se dressait sur la droite de l'entrée, dans un design de récup, où un vieux meuble *has been* était devenu le joyau de la pièce, grâce aux mains de fée qui l'avaient retravaillé. Le reste de la décoration était assez kitch. Un fauteuil en velours brossé vert kaki, une table ornée d'un énorme jeu d'échecs, des animaux empaillés et une gigantesque vitrine, regorgeant elle aussi, d'objets rares et bizarres.

— Bonjour, dit une voix masculine au fond de la boutique.

— Bonjour. Inspectrice Rosco et commissaire De Smet, les présenta Bettina en tendant une main vers son interlocuteur, qui avança la sienne, une serviette calée contre son avant-bras.

— En quoi puis-je vous aider ?

— Nous enquêtons sur le meurtre d'un étudiant, Thomas Colin, qui apparemment s'est fait tatouer chez vous, peu de temps avant sa mort, lança Véronique.

— Ah oui, dit-il, je m'en souviens. Un de vos collègues est passé me voir et m'en a parlé. Effectivement, ce jeune homme est venu début septembre pour se faire tatouer...

— ... un corbeau sur la fesse, ajouta Véronique.

— C'est bien ça...

— Vous pourriez être plus précis sur la date ?

— Oui, bien sûr, je note tous mes rendez-vous dans mon agenda.

Il ouvrit un grand cahier noir et humecta son index pour tourner les pages.

— Voilà ! lança-t-il, sur un ton triomphant. Le 13 septembre, à 14 heures.

— Il est venu seul ? demanda Bettina.

— Oui, seul.

— Il a mentionné quelqu'un ? Un ami ? Une petite amie peut-être ?

— Je me souviens qu'il ne parlait pas beaucoup... mais il m'a dit une chose qui semblait vraiment le rendre heureux.

— Quoi donc ? insista Bettina.

— Il parlait d'un rendez-vous.

— Un rendez-vous amoureux ? renchérit Véronique.

— Oui, enfin, une première rencontre...

— C'est-à-dire ?

— Il discutait avec cette fille sur le Net, ils ne s'étaient encore jamais rencontrés physiquement, alors, il voulait lui faire bonne impression...

— Il vous a dit comment et où ils étaient entrés en contact ?

— Sur LovR, je crois... Oui, c'est ça, LovR. Il m'a dit aussi qu'il se faisait ce tatouage pour ne pas passer pour une mauviette.

— Ah bon ? Qu'insinuait-il ?

— Apparemment la nana avec qui il avait rendez-vous était plutôt du genre fétichiste, si vous voyez ce que je veux dire...

— Fétichiste de quoi ? l'interrogea Bettina, en se rapprochant de lui, un peu plus près.

— Il disait qu'elle aimait les uniformes, et lui...

— Et lui était étudiant dans l'armée...

— Voilà, c'est ça, répondit-il en souriant, il est d'ailleurs venu ce jour-là en uniforme.

— Bien. Autre chose ? demanda Véronique.

— Non, rien. Comme je vous ai dit, le seul moment où il m'a parlé, c'était pour me parler d'elle...

— Il ne vous l'a pas décrite ni n'a mentionné son nom ? insista-t-elle une dernière fois.

— Non, rien. Vraiment, je suis désolé, je n'en sais pas plus.

— Bien, merci pour votre aide. N'hésitez pas à nous contacter si quelque chose vous revient, ajouta Bettina en lui glissant sa carte dans la main.

— Je n'y manquerai pas, répondit le grand blond barbu.

— Il faut absolument qu'on ait accès à son ordinateur et vite, lâcha Véronique en remontant la capuche de son manteau.

La pluie était devenue plus dense que tout à l'heure. Plus épaisse et plus sombre, accompagnée d'un vent violent dont les rafales emportaient les parapluies abîmés.

***

Cela faisait cinq ans maintenant que Bernier était mort et Véronique ne s'en était toujours pas remise. Elle avait bien essayé, par des moyens plus ou moins efficaces, mais rien n'avait fonctionné. L'ombre de Bernier l'accompagnait à chaque instant, dans ses rêves surtout, depuis ce jour fatidique où il avait disparu. Elle en vint à croire qu'il souhaitait lui transmettre des messages, qu'il tentait de rentrer en contact avec elle.

Elle qui, comme saint Thomas, ne croyait que ce qu'elle voyait s'interdisait de penser que cette présence spirituelle pouvait bien exister.

Véronique n'avait pas eu la vie facile ces cinq dernières années, baladée entre des séances de thérapie éparpillées, des réunions aux Alcooliques Anonymes et des congés forcés.

Mais, par le plus grand des miracles, elle avait décidé de se ressaisir, pour lui avant tout, pour l'amour qu'il lui portait. Parce qu'il ne faut pas se leurrer, après tous ces coups bas, Véronique avait perdu du flair, du flair et de l'autorité. Elle le savait. Elle avait beau être au plus bas de ses capacités, elle n'était pas dupe pour autant.

Alors, pour reprendre du poil de la bête et récupérer toutes ses facultés professionnelles, Véronique avait commencé à prendre très au sérieux ses séances de thérapie avec le docteur Garcia. Avant, elle n'y allait que très rarement. Mais maintenant, c'était différent, surtout depuis cette nouvelle affaire. Elle voulait accélérer la cadence, redevenir celle qu'elle avait été et qui s'était perdue au fil des années.

***

De retour chez elle, Véronique s'endormit sur son canapé, presque immédiatement. Son manteau sur le dos et ses bottines encore aux pieds, elle sombra dans un sommeil profond, qui l'emmena, une fois de plus, dans des phases de rêves et de cauchemars où s'entremêlaient des souvenirs avec Bernier, mais pas que...

Elle était dans la salle du tribunal, le jour où la sentence d'Élise avait été énoncée par les jurés. Les visages des assistants devenaient peu à peu agressifs, puis se transformaient en têtes d'animaux déformées.

Soudain, un brouhaha s'installa dans la pièce. Le vacarme devint si intense qu'un cri de panique sortit de la gorge de Véronique.

Elle se sentit étouffer, comme prisonnière de cette pièce. Elle chercha désespérément une issue, mais il n'y en avait pas. Ce n'étaient que des murs blancs et lisses, sans porte ni fenêtres, qui s'érigeaient devant elle.

Alors, elle frappa sur la cloison, de toutes ses forces, à coups de poing, à coups de pied. Elle voulait sortir, coûte que coûte. L'angoisse montait en elle et devenait chaque seconde plus incontrôlable, plus insupportable.

Une marée de papillons bleu cobalt émergea des bouches sans visage et envahit la pièce, d'un battement d'ailes de velours, dans un bourdonnement aigu. Les cris devinrent plus forts, plus cinglants ; les bouches s'écartèrent, d'une manière telle que les commissures des lèvres finirent par se déchirer, d'un bout à l'autre.

Et dans un tourbillon de sang, de douleurs et de hurlements, Véronique se réveilla d'un bond, en sueur, plongée dans l'obscurité d'une nuit glaciale.

- 7 -

— Comment allez-vous aujourd'hui, Véronique ?
— Je vais bien, remercia-t-elle depuis le canapé sur lequel elle était allongée.

Véronique venait d'entrer dans le cabinet du docteur Garcia, un psychiatre renommé, recommandé par son supérieur. Leurs consultations rapprochées, au fil des années, les avaient conduits à une relation plus intime que professionnelle. Véronique n'hésitait pas à lui passer des coups de fil en pleine nuit, si elle en ressentait le besoin. Elle lui faisait part de ses angoisses et de ses doutes sur la vie. Plus qu'un médecin, il était devenu pour elle un référent, comme le père qu'elle n'avait jamais eu.

Le ton qu'il employait avec Véronique était protecteur ; il oubliait souvent qu'elle n'était qu'une patiente. Il en était venu à l'apprécier réellement, à sentir une connexion spéciale avec celle qui avait réussi à lui faire mettre de côté son statut de praticien.

Le docteur Garcia était un homme âgé d'une soixantaine d'années, chauve et trapu, avec une moustache digne de Salvador Dali, qui remontait en bigoudi, jusqu'à ses narines.

Véronique en vint souvent à penser que cette moustache devait sûrement le chatouiller, tel un châtiment qu'elle n'infligerait à personne, pas même à son pire ennemi. Et elle l'observait, littéralement subjuguée par sa tranquillité. Lui ne cessait de peigner sa moustache de ses doigts velus, la tournicoter et l'étirer, bercé par le son monotone et apaisant de la voix de velours de sa patiente.

— Qu'est-ce qui vous préoccupe aujourd'hui, Véronique ? Je vous sens anxieuse...

— Je le suis, docteur...

— Une enquête difficile ?

— Oui, il y a de ça, mais pas que... dit-elle en tournant son visage vers lui.

— Racontez-moi.

Deux mots. Deux mots qui agissaient dans le cerveau de Véronique comme un déclic et qui, tel un miracle venu de nulle part, déclenchaient en elle une pluie de paroles qu'elle ne contrôlait plus. Elle se sentait dépossédée de son propre corps, de sa propre voix.

Elle ne prenait plus de décision, elle agissait, elle faisait ce qu'on lui demandait. Alors elle inspira profondément et se mit à raconter tout ce qui lui passait par la tête.

Elle décrivit son rêve de la nuit précédente, son angoisse terrifiante au réveil, ses doutes, ses tristesses...

Puis, sans le vouloir ni le chercher, elle bifurqua sur un souvenir. Un souvenir qu'elle n'arrivait absolument pas à dater dans le temps.

— Où êtes-vous dans ce souvenir ? lui demanda le docteur Garcia.

— Dans une voiture. Une grande et longue voiture, comme un break.

— Vous êtes assise où, dans la voiture ?

Elle ferma les yeux pour mieux visualiser la scène et inspira une nouvelle fois.

— Je suis assise sur le siège arrière.

— Quel âge avez-vous ?

— Je ne sais pas, je suis une petite fille. Je dois avoir 4 ou 5 ans.

— Bien, fit-il en prenant des notes. Et qui est au volant ? Vous voyez la personne qui conduit ?

— Oui, je le vois, il me regarde dans le rétroviseur et me sourit.

— Qui est-il ?

— Je ne sais pas, je ne le connais pas.

— Faites marcher votre mémoire, Véronique. Qui est assis sur le siège passager ?

— Ma mère, répondit-elle presque horrifiée par ce qu'elle venait de dire.

— Que fait-elle ?

— Elle sourit, elle aussi. Elle a l'air heureuse, heureuse comme jamais ! Elle tient la main de l'homme qui conduit.

— Que sentez-vous ?

— La chaleur. Il fait terriblement chaud dans la voiture et les fenêtres restent fermées. Je sens mes vêtements collés contre ma peau.

— Et ensuite ?

— Ensuite vient l'obscurité. J'ai peur, je crie de toutes mes forces, j'appelle à l'aide.

— Que se passe-t-il, Véronique ? Pourquoi la scène est-elle devenue sombre d'un seul coup ?

— Les corbeaux.

— Les corbeaux ?

— Oui, ils sont une dizaine, peut-être plus. Ils nous fixent, tous alignés devant la voiture, comme s'ils nous attendaient, et foncent à toute allure vers le pare-brise. La vitesse à laquelle nous roulons les tue tous sur le coup. J'entends un cliquetis violent, comme le son des becs sur un carreau. Puis un nuage noir se répand sur la voiture, je vois des têtes d'oiseaux décapités, du sang frais gicle sur la vitre, les plumes se coincent dans le moteur et tout devient une épaisse fumée noire. Je hurle encore plus fort. Je regarde sur ma droite et donne des coups sur le carreau, je veux sortir, j'ai peur, terriblement peur. Là où je regarde, il n'y a rien, juste une rase campagne de champs de blé, complètement brûlés par le soleil.

— Et de l'autre côté, que voyez-vous ?

— À gauche... à gauche, je vois la tête ensanglantée de l'homme qui conduisait, plaquée contre le bitume. Son sang se mélange à celui des corbeaux.

— Qui est cet homme, Véronique ?
— Mon père...

***

— Et votre mère Véronique, que fait-elle ?
— Ma mère me regarde. Elle a l'air terrorisée. Elle me dit de ne pas bouger et de fermer les yeux.
— Et vous faites ce qu'elle vous dit ?
— Je l'ai fait toute ma vie. Ma mère m'a menti, je le sais maintenant.
— Pourquoi dites-vous cela Véronique ?
— Parce qu'elle m'a toujours fait croire que je n'avais pas de père...
— Et pourquoi pensez-vous qu'elle ait fait ça, vous mentir ?
— Je ne sais pas, pour me protéger, je suppose. Mais j'espère bien le découvrir, répondit-elle, la voix tremblante.
— Bien, nous rediscuterons de ce rêve, Véronique. Maintenant, j'aimerais que vous me parliez de vos dernières réunions aux Alcooliques Anonymes et que vous me racontiez comment vous vous sentez sur ce point.
— Je n'y vais plus depuis trois semaines. Je pense que je n'en ai plus besoin, j'ai fait le deuil de la bouteille, lâcha-t-elle en souriant.
— Bien, répondit le docteur Garcia, et au niveau de votre vie sentimentale ? Y a-t-il du nouveau ?
— Non, pas vraiment... enfin, si... dit-elle après une courte réflexion. J'ai rencontré quelqu'un...

— C'est une bonne nouvelle Véronique, qui est-ce ?

— Eh bien, je ne le connais pas vraiment... je ne l'ai vu qu'une seule fois, mais je sens quelque chose de spécial en lui...

— Quelque chose qui vous donne envie d'en savoir plus ? insista-t-il en prenant des notes.

— C'est tout à fait ça, consentit Véronique. Et en même temps, c'est comme si je le connaissais depuis toujours...

— Vous avez prévu de le revoir ?

— Pas encore...

— Qu'est-ce qui vous empêche de le faire Véronique ? Cela pourrait être bon pour votre reconstruction. Vous n'avez connu personne depuis Olivier, n'est-ce pas ?

— C'est exact, personne ne peut le remplacer... dit-elle nostalgique.

— Mais peut-être que lui...

— Le commandant Cuvelier, ajouta-t-elle en levant les yeux vers le docteur.

— Le commandant Cuvelier... Peut-être que lui pourra prendre une place dans votre cœur, remplir ce vide qu'Olivier Bernier a laissé en vous...

— Peut-être, répondit Véronique. Je l'appellerai demain, si j'en ai le courage.

— Vous le trouverez, Véronique, vous le trouverez...

***

À peine arrivée au commissariat, Véronique demanda à son équipe de l'attendre dans la salle de réunion. Il était temps de présenter Bettina à tout le monde et de se mettre à jour sur les avancements de l'enquête.

Elle demanda un café bien serré à sa secrétaire et, au bout de dix minutes, rejoignit son équipe déjà installée.

Tout le monde observait de près ce bout de femme aux cheveux roux, qui se tenait debout, au côté de Véronique et qui, comme une enfant disciplinée, attendait qu'on veuille bien lui donner la parole.

Bettina regardait autour d'elle tous ces visages qu'elle ne connaissait pas et, dans une fausse tentative, essaya de sourire, du mieux qu'elle put.

— Bonjour, commença Véronique d'un ton autoritaire. Je vous ai réunis ici tout d'abord pour vous présenter l'inspectrice Rosco, de la P.J.F. de Tournai. Elle va travailler avec nous pendant un temps sur l'affaire des jeunes hommes noyés. Ensuite, on va se mettre à jour sur les avancements de l'enquête. Inspectrice Rosco, si vous voulez bien vous présenter rapidement ?

— Oui, bien sûr. Tout d'abord, bonjour à tous. Alors voilà, comme vous a dit la commissaire De Smet, je suis inspectrice à la P.J.F. de Tournai et je suis ici pour travailler sur l'affaire des jeunes hommes retrouvés morts noyés. Les similitudes entre les deux meurtres sont frappantes, ajouta-t-elle en distribuant une ribambelle de documents à chacun des assistants dans la salle. Même *modus operandi*, même signature, tout coïncide et nous laisse donc penser qu'il s'agit bien d'un seul et même coupable. Voilà pourquoi je travaillerai avec vous sur l'affaire du sourire de l'ange jusqu'à ce qu'on retrouve le meurtrier. Je me suis permis de l'appeler de cette manière, car, comme vous le savez, il s'agit de sa signature. Si vous observez la page 3 du dossier que je viens de vous distribuer, vous verrez tous les éléments en photo et les détails du rapport d'autopsie des deux victimes.

— Nous allons poursuivre si vous le voulez bien. Vidal, j'aimerais que vous rappeliez les deux adolescents qui ont retrouvé le corps du jeune homme non identifié dans le canal de l'Esplanade. Je veux que vous les fassiez venir pour leur poser quelques questions. N'hésitez pas à les bousculer un peu... En ce qui concerne la victime de Tournai, il s'appelle Thomas Colin, 24 ans, français, étudiant à l'école de l'armée de terre de Tournai. Pas un très bon étudiant, mère décédée et père absent. Il venait juste de se faire faire tatouer la fesse droite. On a déjà parlé avec le père qui vit à Lille et le tatoueur. Il nous faut maintenant un peu plus d'informations sur lui. Lignac, demanda-t-elle au jeune homme appuyé contre le mur dans le fond de la salle, vous avez réussi à débloquer son ordinateur portable ?

— On y travaille, répondit-il dans la foulée, je pense qu'il sera prêt pour ce soir, 22 heures au plus tard.

— Passez la seconde, nous n'avons pas de temps à perdre. Comme vous le savez, beaucoup d'informations essentielles pour l'enquête peuvent être conservées dans cet outil. On sait que Thomas Colin, d'après son tatoueur, avait rendez-vous avec une jeune femme connue sur LovR ; ils ne s'étaient encore jamais rencontrés physiquement. Je veux savoir qui est cette femme et surtout que vous la retrouviez, au plus vite. Voilà, c'est tout pour aujourd'hui, dit-elle à toute l'équipe pour conclure la réunion. Rosco, je vous montre votre bureau.

— Bien, je vous suis, répondit l'inspectrice en recollectant sa masse de paperasse.

Après avoir indiqué à Bettina le lieu où elle devrait travailler ces prochains jours, Véronique se dirigea vers son bureau et ferma la porte. Elle s'installa sur sa chaise et sortit une aspirine de son premier tiroir, qu'elle laissa fondre dans un reste de café froid.

Alors qu'elle tentait de se concentrer à nouveau sur ses dossiers, le téléphone l'interrompit.

— Le commandant Cuvelier, en ligne pour vous, lui annonça sa secrétaire, d'une voix enjouée.

— Merci, répondit-elle nerveusement, je prends l'appel.

– 8 –

— Commissaire De Smet, j'écoute...
— Bonjour, commissaire, je suis le commandant Cuvelier. Vous vous souvenez de moi ?
— Oui, bien sûr, que puis-je faire pour vous ?
— Je vous appelle car j'ai une information au sujet de Thomas Colin et j'aimerais vous en parler... de vive voix.
— Bien, je passe vous voir à votre école à Tournai ?
— Justement je suis sur Lille aujourd'hui... on pourrait peut-être se retrouver au centre-ville, dans une demi-heure ?
— Euh... oui bien sûr, pourquoi pas... je viens avec l'inspectrice Rosco ?
— Cela ne sera pas nécessaire, conclut-il d'une voix pleine d'assurance, je vous attends au café de la gare dans trente minutes. À tout de suite.

— À tout de suite, répondit-elle avant de raccrocher.

Lorsqu'elle sortit du commissariat, la nuit commençait à tomber. Il était à peine 17 h 15 et les lumières des réverbères illuminaient déjà la ville, lui conférant un air de fête. Les guirlandes d'étoiles lumineuses semblaient s'enlacer contre les murs de briques et enveloppaient la foule de passants qui grouillaient de toute part, chargés de sacs et paquets aux couleurs flamboyantes.

Les pavés rutilaient sous la pluie battante et dessinaient le reflet des lumières envoûtantes.

Véronique laissa glisser les semelles de ses bottines sur le sol mouillé, dont les flaques d'eau clapotaient sous les pieds.

Elle marchait à vive allure, poussée par une envie incontrôlable d'arriver le plus vite possible sur le lieu du rendez-vous.

Elle ne savait pas pourquoi ni comment, mais cette force, qu'elle n'avait pas ressentie depuis si longtemps, la poussait dans une démarche frénétique, tel un automate. Plus que quelques pas et elle y serait.

Soudain, quelque chose la força à s'arrêter, brusquement, en plein milieu d'un passage piéton. Son corps ne répondait plus. Ses jambes se bloquèrent et s'incrustèrent sur le pavé, comme dans un bourbier sans fond. Elle tenta par tous les moyens d'avancer, prit ses cuisses entre ses mains pour les bouger, mais en vain. Elle restait paralysée.

Elle ferma les yeux et se répéta tout bas : *Respire...* *Respire...*

Elle n'eut pas le temps de prononcer ce mot une troisième fois qu'une main attrapa son avant-bras brusquement et la sortit de l'état de torpeur dans lequel elle était plongée.

Tandis qu'elle ouvrait les yeux, tous ses sens semblaient reprendre leur fonction. Le vacarme des klaxons résonna dans sa tête comme un cri strident, alors que les lumières qui lui semblaient si apaisantes quelques minutes auparavant lui paraissaient à présent hostiles et inquiétantes.

La main la serra un peu plus fort et la ramena à elle dans une ultime tentative.

— Commissaire ? Vous allez bien ?

***

— Pa... pardon, dit-elle en s'accrochant à la manche du manteau du commandant Cuvelier, je ne sais pas ce qui m'a pris...

— Ça ne fait rien, ça doit être une baisse de tension. Venez.

Et il l'entraîna à l'intérieur du café. Dès qu'ils furent installés, il appela le serveur pour commander.

— Commissaire ? demanda-t-il.

— Un américain, s'il vous plaît, dit-elle en s'adressant au serveur.

— Et pour moi, un court, bien serré.

— Bien, répondit le serveur en s'éloignant vers le bar.

— Vous vous sentez mieux ?

— Oui, merci. Ça ne m'était jamais arrivé ; je ne comprends vraiment pas ce qui a bien pu se passer...

— Ne vous en faites pas, le plus important c'est que vous soyez saine et sauve.

— Oui, merci, dit-elle en trempant ses lèvres dans le café tout juste servi. Vous vouliez me voir au sujet de Thomas Colin, c'est bien ça ?

— Oui. En fait, j'ai une information sur lui qui pourra sûrement vous être utile. C'est une information confidentielle, je ne devrais pas vous la révéler, mais je pense qu'elle vous permettra d'avancer dans l'enquête. Voilà pourquoi je préfère que cela ne s'ébruite pas. Si vous pouviez éviter de dire que l'information vient de moi, ça m'arrangerait...

— Vous avez ma parole, le rassura-t-elle.

— C'est au sujet de l'ordinateur. Je ne sais pas si vous avez déjà trouvé le mot de passe, mais moi je l'ai en ma possession.

— Vous l'avez ? répéta-t-elle les yeux écarquillés.

— Oui, tenez, dit-il en lui tendant un post-it.

— 15042013 ?

— Le jour de la mort de sa mère.

— Et comment avez-vous fait pour vous le procurer ?

— On le demande toujours aux étudiants qui possèdent un ordinateur. C'est une mesure de sécurité pour nous, et elle est obligatoire.

— Donc vous l'aviez depuis le début ?

— Oui. Mais je ne pouvais pas vous le donner. Vous risquez de trouver des informations confidentielles sur notre école et notre mode de fonctionnement, ce qui pourrait mettre en danger notre institution...

— Alors, pourquoi avez-vous changé d'avis ?

— Pour vous...

***

— Écoutez, je vais être franc avec vous, j'avais envie de vous revoir, vraiment.

— Je... je n'ai pas le temps de discuter, je suis désolée, dit-elle en se levant brusquement.

Une fois dehors, Véronique accéléra le pas, téléphone portable à la main. Elle tapa le numéro du commissariat.

— Commissaire De Smet, passez-moi Lignac, c'est urgent.

— Tout de suite, répondit la voix derrière le combiné.

— Lignac, j'écoute.

— Lignac, c'est De Smet, on a le mot de passe de l'ordinateur de la victime. Prenez de quoi noter.

— Je vous écoute.

— 15042013. Je suis sur la route, j'arrive dans cinq minutes.

— À tout de suite.

En arrivant au commissariat, Véronique se rua dans le bureau des spécialistes en informatique. Lignac y était installé, le PC de Thomas Colin allumé.

— Vous avez trouvé des infos intéressantes ? demanda-t-elle en enlevant son manteau.

— J'y suis.

— Bien, et l'inspectrice Rosco ?
— Dans son bureau.

Elle s'installa près de Lignac, prit le combiné sur la table et composa le numéro d'extension de Bettina.

— Rejoignez-nous dans la salle informatique, lui dit-elle, y a du nouveau.

- 9 -

Téléchargements de films pornos gratuits sur Internet, dossiers sur ses cours, jeux en ligne et quelques photos de famille.

— On a une chance incroyable, lança Lignac.

— Pourquoi ? demanda Bettina qui venait de les rejoindre.

— Parce que la victime est restée connectée sur Facebook et LovR.

Facebook et LovR. Deux outils essentiels pour comprendre qui était vraiment Thomas, connaître son cercle d'amis et mettre le doigt sur la jeune femme avec qui il avait rendez-vous.

— Ça veut dire ?

— Ça veut dire que nous n'avons pas besoin des mots de passe pour y accéder.

— Bonne nouvelle ! exulta Véronique. On va pouvoir bosser sur du tangible. Lignac, mettez-vous d'abord sur LovR. On va revoir toutes ses dernières connexions et conversations, une par une. Il faut absolument qu'on retrouve cette fille, c'est peut-être la dernière personne à l'avoir vu en vie.

— OK, répondit Lignac concentré.

Lignac était un jeune homme de 24 ans. Il venait tout juste d'entrer dans la police, et l'informatique était sa spécialité. Il avait d'ailleurs la tête de l'emploi, sans vouloir faire cliché.

Châtain aux cheveux fins et raides comme des piquets, maigre et allongé. Il portait des lunettes aux montures fines et noires, une chemise blanche bien repassée, une veste gris anthracite et un jean sombre, accompagné d'une paire de mocassins marron foncé.

— Voilà ses derniers messages reçus sur LovR, indiqua-t-il de son index manucuré, sur l'écran du PC.

— Ils ont tous été envoyés par la même personne ?

— Malheureusement non. La victime était apparemment très sollicitée... Regardez, rien que pour le mois de septembre, il y a neuf conversations différentes.

— Neuf femmes différentes ? interrogea Bettina.

— Oui.

— Désolée, je ne sais pas du tout comment ça marche...

— Pas de souci, reprit Lignac.

— Y a-t-il une conversation plus assidue avec une personne en particulier, disons, la dernière semaine avant sa mort ?

— Il y en a deux.

— Et dans les deux, a-t-on un rendez-vous fixé le week-end du 18 septembre ?

Lignac se mit à lire en diagonale les conversations, en ouvrant simultanément les deux fenêtres de discussion, l'une à côté de l'autre.

— Oh que oui... on la tient, lâcha-t-il surexcité en se frottant les mains.

— De qui vous parlez ? demanda Bettina, un peu perdue devant tant de technologie.

— De l'inconnue du premier rendez-vous, répondit Véronique, un sourire aux lèvres.

***

— On a quelque chose sur elle, un nom, une adresse ?

— On sait qu'elle s'appelle Nicky, lâcha Lignac, hypnotisé par l'écran.

— Autre chose ?

— L'adresse IP qu'elle utilise pour se connecter n'est jamais la même. Ça va être compliqué de la localiser...

— On a une photo ou une description physique sur son profil ?

— Une seule photo, répondit Lignac, de dos. Comme vous pouvez le voir, elle est brune, cheveux longs. C'est tout ce qu'on a.

— Merde ! lança Véronique, c'est comme chercher une aiguille dans une botte de foin !

— Peut-être pas, non... ajouta Lignac.

— Comment ça ?

— On peut toujours essayer de se créer un faux profil, et avec un peu de chance, elle mordra à l'hameçon.

— Bien, Lignac, très bien, dit-elle énergiquement en lui tapotant l'épaule. Vous allez vous créer un faux profil et la solliciter, on verra bien sa réponse.

— Moi ? Mais enfin, je...

— Pas de mais qui tienne, vous êtes peut-être notre seule chance de la coincer, Lignac, faites-le pour les victimes.

— Je fais ça tout de suite, se résigna-t-il.

— Tenez-nous au courant si vous avez du nouveau.

— Bien, commissaire.

***

Bettina suivit Véronique dans son bureau, et toutes deux reprirent les dossiers des victimes, une nouvelle fois. Elles ouvrirent, étalèrent, feuilletèrent tous les documents, un à un, à la recherche de la moindre faille, du moindre indice qui aurait pu les mettre sur une piste à suivre.

Puis Bettina se leva et s'attela à une de ses tâches préférées. Elle ajouta un bout de papier avec un nom indiqué au feutre noir et un point d'interrogation.

« Nicky ? »

PARTIE II :

L'OMBRE DE SA PEAU

– 10 –

Lille, 18 juillet 2007.

— Nicky ! Nicky ! Descends, j'te dis ! Tu ne veux tout de même pas que je vienne te chercher ? Tu sais bien ce qui va t'arriver si c'est moi qui dois me déplacer... Nicky !

Une petite touffe blonde apparut alors, cachée derrière un pilotis de la cage d'escalier de la cave du numéro 37 de la rue Tournemaine à Hellemmes.

— Approche, n'aie pas peur... tu sais bien que je ne vais rien te faire... approche... Viens t'asseoir sur mes genoux... Oui, approche, c'est ça... C'est bien, ma Nicky, tu as écouté ton papa, tu as mis ta jolie tenue... tu sais que ça me fait plaisir quand tu fais ce que Papa te demande, pas vrai ?

— Oui, acquiesça-t-elle.

— Tu as été sage aujourd'hui ? Dis-moi si tu as été sage, Nicky...

— J'ai été sage, répondit-elle de sa voix d'enfant.
— C'est vrai ça, Mickaël ? Elle a été sage, ta sœur ?
— Oui, Papa.
— Assieds-toi là et regarde, dit-il en faisant lever sa fille et en lui passant une main sur la fesse.
— Oui, Papa, articula le fils, les yeux écarquillés à la vue de sa sœur de 9 ans, debout, prostrée devant eux, tel un automate.

Une casquette de gendarme vissée sur la tête, affublée d'une chemise bleu ciel qui lui arrivait juste au-dessus du genou et d'une cravate bleu marine bien nouée autour de son fin cou, Nicky attendait.

Puis, comme une voix surgie d'outre-tombe, le père vociféra, la main droite agitée dans son pantalon à moitié ouvert :

— Danse, Nicky, danse !
Et Nicky se mit à danser.

***

Lille, octobre 2016.

Nicky avait tout juste 18 ans, elle était jeune et plutôt jolie fille. Elle avait de longs cheveux noir ébène, qu'elle laissait le plus souvent lâchés. Elle ne prenait jamais le temps de les coiffer, sauf lorsqu'elle avait rendez-vous. Des rendez-vous galants, surtout.

À l'hôpital où elle était en stage pour devenir préparatrice en pharmacie, elle les attachait, c'était obligatoire, question d'hygiène. Elle passait le plus clair de son temps à ranger des boîtes de médicaments par ordre alphabétique. Elle n'en était pas encore au stade des préparations pour les patients, c'était bien trop risqué pour une novice.

Non, Nicky se contentait d'observer sa supérieure, qui lui enseignait avec ferveur et bienveillance ce fabuleux métier, qui était le sien depuis plus de vingt ans. Les lunettes posées sciemment sur le bout du nez, attachées autour de son cou par une fine cordelette colorée, Mireille s'efforçait chaque jour d'être plus souriante que la veille.

« Une vie sans sourire ne vaut pas la peine d'être vécue, disait-elle souvent à sa stagiaire. Tu devrais sourire un peu, toi aussi... Tu as toujours cet air si triste, si mélancolique... Ça me rend malheureuse pour toi. »

Nicky, elle, ne comprenait pas ce qu'elle voulait dire. Cet air-là, c'était le sien. Elle avait toujours vécu avec ce même regard sombre, cette même froideur dans l'âme.

C'était une jeune femme effacée, voilà tout. Une jeune femme qui ne rechignait jamais et qui exécutait les ordres, tels qu'ils avaient été demandés. Elle était d'apparence plutôt sobre, Nicky, jamais dans l'excès. Elle ne se maquillait pas ou peu, et restait toujours à l'écart, presque invisible.

Nicky, c'était une fille simple, qui aspirait à une vie tout aussi ordinaire.

***

Tous les soirs, lorsqu'elle rentrait chez elle vers 19 heures, Nicky se dirigeait vers sa chambre où elle se déshabillait entièrement, avant de se glisser sous la douche. Elle s'immergeait sous une eau bouillante, qui l'enveloppait tout entière dans une atmosphère brumeuse et suffocante à la fois.

Elle restait là, de longues minutes, à se frotter le corps en entier pour tenter de dissiper les effluves de l'hôpital. Même si elle y travaillait, Nicky ne s'habituait pas à cette ambiance morbide des couloirs longilignes du bâtiment. Cette odeur âcre de médicaments poisseux lui collait à la gorge et râpait le fond de ses souvenirs hasardeux.

Elle n'avait que des bribes de souvenirs qui se mélangeaient dans sa tête, des séquences si troubles et si nettes à la fois. Ça commençait par le crépitement de mégots de cigarettes écrasés sous la plante de ses pieds.

Danse, Nicky, danse !

Ensuite, la sensation d'une douleur intense et interminable, de langues enfoncées dans sa bouche contre sa volonté. De relations forcées, sous la contrainte d'une sangle retenant son corps, qui convulsait sous les coups de fouet. Et sa peau lacérée.

Puis venait l'accalmie, les quatre minutes de soins prodigués à la va-vite sous les cris de douleur.

Danse, Nicky, danse !

L'odeur de l'alcool à 90 degrés, de la bétadine, des pansements de fortune et des comprimés.

Et enfin, l'assoupissement, la somnolence tant attendue mais en même temps, tant redoutée...

- 11 -

Lille, 12 octobre 2016.

— Commissaire, l'interpella Lignac à la porte de son bureau, je peux ?
— Oui, entrez. On a du nouveau ?
— Je crains bien que ce ne soit tout le contraire... On a visionné les vidéos des caméras de surveillance aux alentours de la Citadelle, comme vous nous l'avez demandé. Impossible d'en sortir quoi que ce soit, dit-il en se frottant la tête, l'air gêné. On a tout essayé, mais comme vous savez, c'était de nuit, alors on ne voit pas grand-chose. Juste un homme, qui pourrait coller au profil de notre victime du canal de l'Esplanade, accompagné d'une femme, aux longs cheveux noirs.
— Bien, donc il peut s'agir une fois de plus de Nicky, n'est-ce pas ?

— C'est possible, mais on ne peut pas se baser sur une couleur de cheveux pour en faire une coupable...

— Je sais bien, Lignac, je sais bien.

Elle se leva, visiblement agacée, se dirigea face à la fenêtre qu'elle ouvrit en grand et alluma une cigarette avant de poursuivre, dos à son interlocuteur :

— Vous avez réussi à la localiser ?

— Non plus, répondit-il tête baissée. C'est ce dont je voulais vous parler justement. On l'a perdue, commissaire...

— Comment ça, perdue ?

— Depuis l'autre jour, elle ne s'est pas reconnectée sur le site. Rien. Aucun signe de vie. C'est comme si elle avait disparu dans la nature...

— Merde ! lâcha-t-elle en écrasant son mégot dans un cendrier de fortune. Donc on n'a rien, c'est ce que vous êtes en train de me dire, Lignac ? Mais qu'est-ce que vous avez foutu pendant trois jours ? Merde ! Je suis entourée d'incompétents, c'est pas possible !

Elle quitta son bureau, laissant Lignac à l'intérieur, raide comme un piquet.

***

— Je vais faire un tour, lança-t-elle à Bettina, j'ai besoin de prendre l'air.

Dehors, un froid humide l'enveloppa de manière quasi instantanée. Elle sentit ses joues rougir sous les rafales. Un grand soleil peu habituel lui brouilla la vue. Un soleil qui émettait une lumière blanchâtre et aveuglante. Une lumière étrange et pénétrante, que seuls les gens du Nord connaissent bien. Le genre de décor qui donne le cafard, annonce officielle d'un mauvais présage.

Les rues semblaient étrangement vides, comme si tout le monde avait décidé de rester à la maison, juste aujourd'hui. Juste le jour où Véronique se sentait enlisée dans cette affaire qui n'avançait pas, et qui, au contraire, semblait aller à reculons. Chaque jour, chaque heure qui passait l'éloignait un peu plus de la vérité.

Et elle le savait. Oui, elle en était bien consciente. Parce que c'était peut-être sa faute après tout. Elle n'était pas aussi performante qu'avant, et cela se ressentait dans l'enquête. Même Lignac, le nouveau, se permettait de lui faire des réflexions. *Petit con*, pensa-t-elle en marchant.

Alors oui, même si elle avait décidé de se reprendre, se remettre en forme physiquement et mentalement, ça prenait du temps. L'alcool, par exemple, elle n'y touchait plus. Pas une goutte depuis dix-huit mois. C'était sa résolution et elle comptait bien la tenir, coûte que coûte. Elle savait trop bien ce qui était en jeu pour risquer de tout envoyer valser, d'un coup de verre.

Parce qu'il ne faut pas se leurrer, entrer dans la police quand on est une femme, ce n'est déjà pas une mince affaire, mais gravir les échelons, c'est du domaine de l'impossible.

Elle avait bien trimé au début, c'est le moins que l'on puisse dire. Ses patrouilles dans les quartiers mal famés, ses arrestations de délinquants à deux sous n'avaient rien de très glamour. Mais elle avait persévéré.

Elle avait la gnaque, et son chef l'avait bien remarqué. Il avait tout misé sur elle, il l'avait aidée à grandir dans cette grande famille qu'est la police judiciaire. Et, petit à petit, elle y avait fait son nid.

Commissaire, voilà ce qu'elle était aujourd'hui, et elle comptait bien le rester.

Elle comprit alors qu'elle devrait sûrement changer de stratégie, chercher une solution à ce problème qui ne faisait que s'amplifier au fil des jours passés. Deux victimes sur les bras, deux endroits différents. Deux affaires qui semblaient liées à une même femme.

Une femme qui était introuvable.

***

— Allô ?

— C'est Bettina, répondit la voix à l'autre bout du fil. Il faut que je vous parle, c'est urgent.

— J'arrive, répliqua Véronique.

Lorsqu'elle entra dans le commissariat, Bettina l'attendait devant la porte vitrée, manteau sur le dos et sac sous le bras.

— On y va, lui lança-t-elle.

— Où ça ?

— Faites-moi confiance, Véronique.

— Bien, je n'ai pas le choix de toute façon...

Au bout de vingt minutes, Bettina se gara sur le grand parking du centre de Mouscron.

— C'est par ici, dit-elle à sa collègue.

Véronique claqua la porte de la voiture, côté passager, et suivit Bettina, dans une petite allée, derrière un hôtel qui semblait destiné aux amoureux secrets.

— Où est-ce que vous m'emmenez ? réitéra Véronique, visiblement pressée de connaître le lieu d'arrivée.

— Un peu de patience, répondit Bettina, sourire aux lèvres. Vous verrez, vous ne serez pas déçue.

— Si vous le dites.

Soudain, Bettina s'arrêta devant une vieille bâtisse grisâtre, une petite maison haute, typiquement flamande, et frappa deux coups bien distincts sur la porte en bois.

Au bout de quelques secondes, une dame apparut et, sans dire un mot, les emmena vers une petite salle. Comme une espèce de salle d'attente improvisée, aux odeurs d'encens et de patchouli.

— On est où ? insista Véronique.

— Chut, lui répondit Bettina d'un air enjoué, son index posé sur les lèvres. Vous verrez bien.

Enfin, une voix se fit entendre. Une voix qui les invitait à entrer dans l'espace réservé, séparé par un rideau en bois flotté.

— Installez-vous, dit la voix derrière un voile fuchsia.

La silhouette était une femme. Véronique distingua facilement de longs cheveux, une poitrine généreuse et le cliquetis de bracelets accumulés sur ses poignets.

Pourtant, c'était une voix fluette qui sortait de sa bouche, douce comme la voix d'une enfant.

— Qui êtes-vous ? demanda Véronique.

— Je suis celle que vous êtes venues chercher, répondit la voix.

— Bettina, dit-elle en se dirigeant vers sa coéquipière, qu'est-ce que vous me faites, là ? Vous vous foutez de moi ? Je m'en vais !

Sans que Bettina ait le temps de l'en empêcher, la voix reprit :

— Vous avez besoin de moi et vous le savez. Vous vous trouvez dans une situation où vous vous sentez bloquée, piégée et vous ne savez pas comment en sortir. N'est-ce pas ?

— Arrêtez avec vos conneries, avec moi ça ne marche pas, s'énerva-t-elle en prenant son manteau.

— Une femme est la cause de vos soucis. Une femme de votre passé. C'est elle, la clé. C'est la clé, répéta la voix, soudainement en transe. Trouvez cette femme, cherchez dans votre passé !

— Mon passé ? Mais c'est du délire ! Bettina, je ne sais pas pour vous, mais moi, j'en ai assez entendu, je me casse !

– 12 –

— Mais enfin, Véronique ! Vous ne pouvez pas partir comme ça en claquant la porte chaque fois que quelque chose ne vous plaît pas ! se fâcha Bettina, visiblement agacée. On dirait une adolescente effrontée...

— Écoutez, moi, je ne crois pas à toutes ces conneries, Bettina. D'ailleurs, vous pouvez me dire pourquoi vous m'avez fait perdre mon temps en m'amenant ici, sans me demander mon avis ? « Vous ne serez pas déçue », dit-elle en l'imitant. Déçue ? Déçue que vous puissiez croire à ce genre de choses et surtout que vous puissiez penser qu'une médium arriverait à nous aider dans une enquête policière.

Elle insista sur le mot « médium » en le mimant des deux doigts de chaque main.

— Non mais je rêve ! Merde ! Il faut vraiment être désespérée pour en arriver là ! Vous vous croyez où, sérieusement ? À la télé ?

Bettina sembla soudainement affectée par les paroles de Véronique et, contre toute attente, garda le silence face à ces accusations. C'est avec les yeux brouillés de larmes, qu'elle monta dans la voiture, côté passager. Elle attacha sa ceinture et se tut durant la vingtaine de minutes de trajet qui les séparait du commissariat de Lille.

En arrivant devant son bureau, Bettina entra et s'y enferma, pendant plus de quatre heures. Véronique fit de même dans le sien. Chacune de leur côté, elles tentèrent de trouver une faille, un indice qui aurait pu leur passer sous le nez.

Après avoir bu son café, Véronique repensa à la médium. Elle ne comprenait toujours pas ce qui avait pu amener Bettina à y croire, ne serait-ce qu'un instant. Elle savait bien que sa coéquipière était une grande amatrice de séries américaines. Utiliser certaines techniques pour les aider dans l'enquête, pourquoi pas ; mais là, c'était trop, ça dépassait l'entendement.

***

Pourtant, quelque chose la taraudait. Pourquoi Bettina en était-elle arrivée à avoir recours à une médium ? La connaissait-elle d'une façon ou d'une autre ? Pourquoi semblait-elle si sûre de ses dons ? Et pourquoi cette femme avait-elle mentionné une personne de son passé ? À qui se référait-elle ?

Véronique, piquée par une certaine curiosité, frappa à la porte de sa coéquipière, les sourcils froncés et le manteau posé sur l'avant-bras.

— On y retourne, lança-t-elle contre toute attente.

Sourire aux lèvres, Bettina la suivit jusqu'à la voiture. Véronique lui tendit les clés du bout des doigts.

— Vous conduisez, lui dit-elle d'un ton conciliant.

— Qu'est-ce qui vous a fait changer d'avis ?

— Vous.

— Moi ?

— Votre silence.

— Expliquez-vous, je ne comprends pas.

— Votre silence a attisé ma curiosité. J'ai des questions à poser à votre médium. Et, au point où on en est, ça ne nous fera pas de mal.

— C'est certain.

— Dites-moi, Bettina, je sais que vous n'aimez pas trop quand je vous pose des questions, mais vous pourriez me dire quand et comment vous avez connu cette femme ?

— Il y a deux ans... Après... Après... répliqua-t-elle d'une voix tremblante.

— Après quoi ?

— Rien. Je préfère ne pas en parler...

— Bien, consentit Véronique, sentant bien qu'elle ne parviendrait pas à lui tirer les vers du nez aussi facilement.

***

— Vous revoilà déjà ? dit la voix derrière le voile fuchsia qui les séparait.

— Nous avons quelques questions à vous poser, répondit Véronique, pleine d'assurance.

— Des questions ?

— Oui, sur ce que vous avez dit tout à l'heure. De qui parliez-vous quand vous m'avez mise sur la piste d'une femme de mon passé ?

— Pourquoi êtes-vous revenue ? insista la voix.

— Je viens de vous le dire, s'impatienta Véronique, je veux savoir de qui vous parliez tout à l'heure.

— Mais vous ne croyez pas du tout en moi, n'est-ce pas ?

— Qu'est-ce que ça peut faire si je crois en vous ou pas ? On va vous payer dans tous les cas. Vous voulez avoir bonne conscience, c'est ça ?

— Écoutez, si vous n'êtes pas réceptive à mes visions, je ne pourrai pas vous aider, Bettina le sait. Il n'y a pas d'autre façon de travailler. Alors, même si vous me payez, je préfère ne pas vous aider dans ces conditions. Je ne fonctionne pas comme ça.

Le rideau s'écarta.

— Je m'appelle Marta Duchesne, ravie de vous avoir rencontrée, ajouta-t-elle en avançant sa main vers Véronique, assise devant elle.

— Et c'est tout ? Vous nous envoyez balader ?

— Véronique, chuchota Bettina pour la calmer, ne faites pas d'histoire. Allons-y.

— Non, non. Hors de question ! Elle ne va pas s'en tirer aussi facilement ! On ne peut pas jouer avec les gens comme ça ! Je ne partirai pas d'ici sans avoir ma réponse. Si vous êtes aussi bonne que vous le prétendez, surprenez-moi ! J'attends, dit-elle en croisant les jambes et les bras, assise sur sa chaise.

— Bien, répondit Marta, debout, sans sourciller, si c'est ce que vous voulez, commençons.

***

Marta était une femme dans la cinquantaine ; elle avait de grands yeux gris, presque aussi gris que ses cheveux, longs et frisés, maîtrisés partiellement par une tresse en piteux état. Tout comme ses rides prononcées, ses cheveux grisonnants lui donnaient un aspect plus âgé. Elle le savait, mais elle n'était pas prête à suivre les diktats de la mode pour y remédier. Ils lui rappelaient les souvenirs de toute une vie et cela valait bien plus qu'une boîte de coloration L'Oréal, achetée en grande surface.

Elle ne s'habillait que dans des friperies pour 3 francs 6 sous. Des vêtements colorés qui reflétaient sa personnalité un brin loufoque. Tunique agrémentée d'un gilet en laine laissant entrevoir une poitrine généreuse, d'un pantalon informe, d'une paire de bottines rembourrées aux pieds et d'un foulard sur la tête.

On pouvait dire qu'elle ressemblait aux hippies des années soixante-dix, liberté du corps et de l'esprit.

— Véronique, c'est bien ça ? demanda Marta.

— Oui...

— Bien, fit-elle en tirant les cartes du tarot de Marseille, approchez.

Bettina et Véronique se levèrent et se dirigèrent vers la table ronde où Marta s'était réinstallée. Cette dernière battit les cartes pendant quelques secondes, en fit plusieurs tas, les rassembla et coupa le paquet une nouvelle fois. Puis, elle déposa cinq cartes sur la table devant elles et les retourna, une à une.

— Vous avez beaucoup souffert, Véronique, tellement souffert... Vos relations sentimentales ont été terribles... Quelle douleur vous avez dû éprouver... Je vois beaucoup de morts autour de vous, la perte d'êtres chers... Vous vous sentez seule, trahie... Vous avez tellement peur d'aimer à nouveau, vous pensez que vous ne pourrez plus jamais aimer... plus comme lui...

— C'est quoi ces...

— Chut, la retint Bettina par le poignet.

Véronique fit les gros yeux à sa coéquipière mais finit par se taire.

— Je perçois sa présence... Il est là avec nous... Il vous demande de lui pardonner...

— Lui pardonner quoi ? demanda Véronique, prête à craquer.

— Lui pardonner son départ précipité. Il me dit qu'il vous aime... Si je sens sa présence avec nous, aujourd'hui, c'est parce qu'il veut vous prévenir de quelque chose. De quelque chose d'urgent, ajouta-t-elle en fermant les yeux bien forts. Il veut vous donner une information concernant votre affaire...

— Il est comment cet homme ? insista Véronique, à cran.

— Il est blond et grand, il a... il a des taches de rousseur sur le visage...

— C'est impossible ! lâcha Véronique, les larmes aux yeux. C'est vous, c'est vous Bettina qui lui en avez parlé, hein ? Dites-moi la vérité, vous êtes en train de vous payer ma tête, c'est ça ? Il n'y a rien de drôle !

Elle se leva de sa chaise, prête à s'enfuir une nouvelle fois.

— Véronique, attendez, l'implora Bettina.

— Je ne peux pas ! répondit-elle en pleurs, je ne peux pas ! Je ne veux pas entendre ça, vous comprenez ? Je n'en ai pas la force !

- 13 -

— Salut, Véro ! Ça faisait un sacré bout de temps qu'on ne t'avait pas vue, dis donc ! Tu vas bien ? lui demanda Jimmy, le barman de la Pirogue, en lui claquant quatre bises.

— Oui, parfaitement bien ! répondit-elle en tapant du poing sur le comptoir.

— Qu'est-ce que je te sers ?

— Un mojito ! Et n'hésite pas à bien le charger, dit-elle en imitant une bouteille qui se vide.

— T'es sûre ? Tu ne devrais pas...

— Je ne devrais pas quoi ? Sers-moi mon mojito, Jimmy, et arrête de piailler.

— Comme tu voudras... la coupa-t-il en préparant sa boisson.

Véronique jeta la paille qui flottait dans son verre et y trempa les lèvres. Au début, elle sembla hésiter puis finit par se reprendre et avala son mojito, cul sec.

— Un autre ! cria-t-elle au barman.

Au bout d'une heure, Véronique se retrouva affalée sur le comptoir, réclamant encore et encore l'attention d'un verre déposé face à elle.

— Ce soir, c'est ma tournée Jimmy ! Invite-les tous pour moi ! Ils ont l'air si heureux, ces cons ! S'ils savaient ce qu'est la vie, la vraie ! Pas celle qu'on vous montre à la télé, pas celle des séries comme celles que notre chère Bettina aime regarder, non, non, cria-t-elle le verre levé au ciel. La vie, celle où tu crèves comme un chien et où personne n'est là pour te ramasser... cette triste vie, bien pourrie... Hein, Jimmy, t'en penses quoi, toi ? Dis-moi !

Elle l'agrippa par la manche de son sweatshirt.

— Véro, faut te calmer, arrête de boire, tu veux !

— Que j'arrête de boire ? Mais j'ai un truc à fêter moi, bordel ! ricana-t-elle en se levant de son tabouret.

Elle fit un tour sur elle-même et se mit à chuchoter, en s'appuyant sur le bar.

— Tu sais quoi, Jimmy ? Bernier est revenu ! Il est revenu des morts pour me demander de lui pardonner ! Tu te rends compte ? Bernier est revenu ! hurla-t-elle en se tournant sur elle-même une fois de plus.

Sans équilibre, elle tomba sur le sol carrelé, où son verre finit sa chute, éclaté en mille morceaux.

— Véro, faut rentrer maintenant, lâcha Jimmy, visiblement contrarié.

— Ne vous en faites pas, je m'en occupe, répondit une voix derrière elle. Suis-moi.

***

— T'es qui, toi ? lui demanda-t-elle en titubant sur le pavé.

— Quelqu'un qui te veut du bien, ne t'en fais pas, viens.

— Tu m'emmènes où ? C'est pas là chez moi... dit-elle sans réelle conviction.

— Ça va te plaire, fais-moi confiance...

Dans la pénombre de la nuit, Véronique distinguait à peine les traits physiques de l'homme qui l'agrippait par le bras. Elle savait juste qu'il était grand, beaucoup plus grand qu'elle et brun. Il était fort aussi, car lorsqu'elle essayait de se défaire de son emprise, elle n'y arrivait pas. Peut-être était-ce l'alcool qui était en train de lui jouer un mauvais tour ? Ça se pourrait bien, mais le résultat était là et bien réel. Elle traînait dans les ruelles du Vieux-Lille, à 2 heures du matin, avec un parfait inconnu qui n'avait pas l'air très commode.

Au bout de quelques minutes de marche qui lui semblèrent interminables, Véronique, à bout de force, décida de se débattre, réellement cette fois.

Elle tenta d'arracher la main sur son bras, en vain, il était beaucoup plus fort qu'elle. Elle avait l'impression à ce moment précis d'être un oisillon sans défense.

— Tu vas me lâcher, oui ! hurla-t-elle dans la foulée.

— Tiens-toi tranquille, je t'ai dit.

— Laisse-moi partir, qu'est-ce que tu me veux ? Lâche-moi !

— Ta gueule ! lui hurla-t-il en la giflant d'un revers de la main.

La frappe fut si violente qu'il lui fendit la lèvre supérieure. Elle essaya dans un dernier élan de se débattre, mais l'alcool eut raison de ses réflexes. L'homme la plaqua contre le mur, tenta de lui arracher son chemisier. Elle hurla, il essaya de l'embrasser de force, l'insulta et la frappa encore plus fort.

Elle tomba alors d'un coup, sur le pavé, comme une poupée de chiffon. Il l'insulta une dernière fois, lui balança un coup de pied dans les côtes et s'en alla, la laissant là, gisant sur le sol humide de la rue Royale.

**

— Qu'est-ce que je fous ici ? murmura Véronique, tout juste réveillée.

— Quelqu'un vous a amenée ce matin, dit l'infirmière qui soignait ses plaies.

— Qui ?

— Un homme.

— Il vous a donné son nom ?

— Non, mais vous pourrez lui demander vous-même, il est dans la salle d'attente. Vous souhaitez le voir ?

— Oui, appelez-le, dit-elle en se redressant difficilement sur le lit.

— Si vous ressentez de fortes douleurs, n'hésitez pas à me biper, ajouta l'infirmière avant de sortir de la chambre.

— Bien, merci.

Au bout de quelques minutes, une silhouette apparut comme une ombre, derrière la porte au vitrage opaque.

— Bonjour, je suis Daniel, Dani pour les intimes, se présenta l'inconnu, tout sourire. C'est moi qui vous ai amenée ici ce matin.

— Bonjour, Daniel, je suis Véronique, dit-elle en avançant sa main vers lui.

— Je sais qui vous êtes... dit-il timidement. Je me suis permis de jeter un œil dans votre portefeuille...

— Ah, répondit-elle visiblement contrariée. Et où m'avez-vous trouvée ?

— Vous ne vous en souvenez pas ? demanda-t-il en s'approchant d'elle.

— Non. Je ne me souviens de rien...

— Eh bien, je sortais du Privilège avec quelques amis, vous connaissez ?

— Oui, très bien, répondit-elle en souriant.

— Comme je vous disais, on sortait du Privilège...

— Quelle heure était-il ? le coupa-t-elle.

— Environ 2 h 30 du matin.

— Bien, continuez.

Daniel fronça les sourcils, visiblement décontenancé par les questions de Véronique.

— Désolée... déformation professionnelle. Je suis commissaire de police.

— Je le sais aussi, répondit aussitôt Daniel, un large sourire aux lèvres.

— Je vois que vous savez déjà tout... dit-elle en grimaçant de douleur. Et comment êtes-vous tombé sur moi ?

— J'étais seul à ce moment-là. Je rentrais chez moi, bien sagement... ajouta-t-il d'un air coquin.

Véronique ne put s'empêcher de sourire et ils se mirent à rire de bon cœur, tous les deux. Daniel s'installa sur le bord de son lit et lui demanda :

— Vous ne vous souvenez vraiment de rien ?

— Rien du tout, nia-t-elle de la tête.

— Quand je vous ai vue, vous étiez allongée par terre, en position fœtale, dans un coin bien dégueu, il faut le dire... Je vous ai appelée plusieurs fois pour savoir si vous alliez bien, mais vous ne m'avez pas répondu. Normalement, ce n'est pas mon genre d'aller vers les gens qui sont étalés par terre en pleine nuit... mais j'ai su tout de suite que vous n'étiez pas comme les autres, j'ai eu l'intuition qu'il vous était arrivé quelque chose et que vous aviez besoin d'aide...

— Et qu'est-ce qui vous a fait croire ça ?

— Votre sac, dit-il en levant son sourcil droit, comme si ce qu'il venait de dire était une évidence.

— Mon sac ?

— Oui... C'était logique ! Une paumée ne se promène pas avec un clutch de marque en cuir rouge vintage...

Véronique se mit à pouffer une nouvelle fois, elle n'arrivait pas en croire ses oreilles. Son salut était dû à un misérable sac. Il se mit à rire de nouveau avec elle et lui prit la main.

— Ce qui m'inquiète c'est que je ne sais pas ce qui vous est arrivé, Véro. Je peux vous appeler Véro ?

— Oui, dit-elle un pincement au cœur. Ça fait tellement longtemps qu'on ne m'a plus appelée comme ça...

— Celui qui vous a fait ça, reprit-il en désignant son visage marqué, est un beau salaud et je peux vous dire que vous l'avez échappé belle !

— Je ne vous le fais pas dire...

— Vous pouvez me tutoyer Véro, enfin, si vous voulez...

- 14 -

— Bonjour, Véronique, comment vous sentez-vous aujourd'hui ? demanda-t-il en lui serrant la main droite.

— Je vais bien, docteur, merci...

— Vous n'en avez pas l'air pourtant, affirma-t-il en observant les plaies sur son visage. Que s'est-il passé ?

Alors que le médecin s'installait sur sa chaise, tournicotant déjà sa moustache, Véronique prit une longue inspiration.

— J'ai rechuté, docteur, lâcha-t-elle en baissant les yeux, honteuse de sa réponse.

— Bien, dit-il.

Il se leva et se plaça debout devant elle, les fesses appuyées sur son bureau moderne, blanc laqué.

— Et qu'est-ce que vous avez ressenti après avoir rechuté, Véronique ?

— Rien, le néant. Je ne me souviens de rien...

— Comment ça ?

— On m'a amenée à l'hôpital... une agression, parvint-elle à articuler.

— Je vois... vous avez repris vos vieilles habitudes ?

— Oui, enfin, juste une fois... j'en avais vraiment besoin, vous savez...

— Qu'est-ce qui était si grave ? Vous auriez pu tomber sur un détraqué qui aurait pu vous faire bien pire... regardez-vous, vous êtes salement amochée...

— Je sais, dit-elle, baissant les yeux de nouveau. Mais cette fois, je vous promets que j'ai une bonne excuse...

— Aucune excuse n'est bonne, Véronique. Cela faisait un moment que vous n'aviez plus rechuté, vous étiez sur la bonne voie et vous avez tout envoyé en l'air en une soirée...

— Mais...

— Pas de mais qui tienne, Véronique, la gronda-t-il comme un père. Je vous faisais confiance, qu'a-t-il bien pu se passer ? Pourquoi ce soir-là ?

— Justement, vous comprendrez lorsque je vous l'expliquerai...

— Allez-y, je vous écoute, lui ordonna-t-il en croisant les bras, je suis tout ouïe.

— Eh bien, comme vous savez, je suis en pleine enquête. Une enquête terriblement compliquée. Comment dire... on piétine, on ne sait pas quelle direction prendre, alors... alors ma collègue Bettina, celle qui vient de Liège, vous savez ?

— Oui, vous m'en aviez parlé.

— Bettina m'a proposé d'aller voir une médium sur Mouscron. Apparemment, elle la connaît assez bien, elle a eu recours à elle à un moment donné dans sa vie, si j'ai bien compris...

— Quel rapport avec votre rechute, Véronique ?

— La médium... elle m'a parlé de Bernier... elle m'a dit des choses qu'elle n'aurait pas pu savoir si elle n'avait pas réellement été en contact avec lui à ce moment-là... vous savez très bien que je ne suis pas du genre à croire à ces sornettes, non, non, pas du tout. Mais là, c'est différent. Alors... alors, j'ai craqué, expliqua-t-elle, les yeux baignés de larmes.

— Je comprends, répondit-il, sourcils arqués.

La préoccupation se lisait sur son visage marqué par les rides. Le praticien semblait déstabilisé par cette révélation qu'il n'attendait visiblement pas et dans un mouvement devenu mécanique, il déroula le côté droit de sa moustache.

***

— Vous savez, Véronique, vous avez toutes les raisons du monde de vous sentir mal. Ce que vous avez vécu est simplement... terrible. Mais vous devez vous reprendre, vous ne pouvez pas fiche votre vie en l'air à cause de vieux fantômes du passé. Vous comprenez ?

— Oui...

— Vous étiez sur la voie de la guérison, et je n'accepterai pas de vous voir replonger, ça non. Vous avez eu un moment d'égarement, je vous le concède. Mais pas un de plus Véronique, sinon vous savez ce qui arrivera... je devrai malheureusement informer votre supérieur et ce n'est vraiment pas ce que je veux.

— Ça n'arrivera plus, je vous le promets.

— Bien, nous reprendrons depuis le début, en essayant de regarder vers l'avenir et non vers le passé. En parlant d'avenir, qu'en est-il de ce commandant... Cuvelier, dit-il en regardant ses notes, vous l'avez rappelé ?

— Non. La dernière fois que je l'ai vu, je suis partie en courant...

— Que s'est-il passé ?

— Une histoire de boulot et...

— Et d'amour que vous n'êtes pas prête à accepter ?

— C'est un peu ça...

— Véronique, pour faire le deuil d'Olivier, vous devez refaire votre vie. C'est presque un impératif pour vous, un mode de survie. Vous avez besoin de la stabilité émotionnelle qu'une relation amoureuse peut vous donner. Ne vous mettez pas des barrières...

— Je vais essayer, docteur, je vous le promets, répondit-elle en le regardant dans les yeux cette fois, bien décidée à ne plus le décevoir.

— Vous allez faire quelque chose pour moi, Véronique.

— Dites-moi.

— Vous allez appeler le commandant Cuvelier et l'inviter à dîner ou à prendre un café... ce qui vous semble le plus approprié. Mais promettez-moi de le faire, c'est important pour votre reconstruction.

— Je vous le promets, jura-t-elle.

— La semaine prochaine, je vous demanderai comment s'est passé votre rendez-vous. Je compte sur vous, réitéra-t-il en la regardant avec insistance.

— Bien, le rassura-t-elle une nouvelle fois. Vous savez, docteur, j'ai rencontré quelqu'un d'autre aussi...

— Ah bon ? Une possible relation ?

— Non, non, rien de tout ça. Une amitié plutôt. Il s'appelle Daniel, c'est lui qui m'a amenée à l'hôpital. Sa compagnie me fait vraiment beaucoup de bien...

— Bien, c'est très positif tout ça, dit-il en griffonnant des notes sur son carnet.

— Oui, je pense aussi. On a décidé de se revoir ce week-end.

— Très bonne nouvelle, répondit-il en caressant sa moustache. Très bonne nouvelle, Véronique, vous ne manquerez pas non plus de m'en parler la semaine prochaine.

— Sans faute, docteur.

— Je suis ravi que vous décidiez de reprendre votre vie en main, de faire de nouvelles rencontres aussi bien amicales qu'amoureuses, vous en avez besoin pour votre équilibre...

— Je sais...

***

— Au fait, vous vous souvenez de notre dernière séance ?

— Oui, bien sûr.

— Vous m'aviez parlé d'un souvenir avec un homme, que vous pensiez être votre père. Et votre mère aussi, dans un accident de voiture.

— Oui, je m'en souviens bien.

— J'aimerais que vous vous replongiez dans ce souvenir, aujourd'hui. Tout ce qui vous est arrivé ces derniers jours n'est sûrement pas anodin. Vous avez fait ressurgir de vieux démons de votre passé, et, comme une cocotte-minute, vous avez fini par exploser.

— Mais quel rapport ça a avec mon problème d'alcool ?

— Tout est connecté, Véronique. Votre inconscient n'oublie pas, il emmagasine des faits, des souvenirs refoulés et lorsqu'il décide de les faire ressurgir, cela peut provoquer en vous des dommages irréparables...

— Comme ce qui s'est produit samedi soir ?

— Exactement.

— Je vois...

— Vous voulez bien reprendre ce souvenir là où vous l'aviez laissé ?

— Je vais essayer...

— Bien. Fermez les yeux, Véronique. Inspirez et expirez profondément. Détendez-vous. Nous allons essayer quelque chose de nouveau aujourd'hui. Ce procédé vous aidera à vous souvenir de ce moment important, peut-être même crucial, de votre vie...

Le médecin se leva de son siège en cuir capitonné, blanc lui aussi, comme tout le reste de la pièce, et plaça deux chaises, l'une en face de l'autre.

— Asseyez-vous ici, la somma-t-il.

Véronique s'exécuta et s'installa devant la chaise vide.

— Qu'est-ce que je dois faire maintenant ?

— Vous parler à vous-même. Vous souvenir pour vous-même, Véronique. La chaise en face de vous n'est pas vide. La chaise en face de vous représente la facette que vous détestez, celle qui flanche, celle qui doute, celle qui est faible face à la tentation. Regardez cette autre et racontez-lui votre souvenir, rassurez-la.

D'abord choquée par cette nouvelle mise en scène, Véronique finit par se concentrer et fixa la chaise devant elle. Elle s'imagina, petite fille, apeurée, dans la voiture accidentée. Elle ferma les yeux, très fort, puis les rouvrit pour se raconter à elle-même le souvenir qui avait changé sa vie.

— La voiture venait de percuter un arbre. Les corbeaux étaient éparpillés autour de nous, agités à n'en plus finir. J'entendais leurs cris stridents, comme un appel à l'aide. J'ai vu... un parterre de marguerites sur ma droite et un champ de blé, desséchés par le soleil. J'ai vu Maman. Elle me souriait. J'ai vu cet homme, Papa, la tête baignée de sang. Il me regardait fixement, comme pour me demander pardon. Puis tout est allé très vite... tout est confus dans ma tête...

— Concentrez-vous, Véronique. Prêtez attention aux sons, aux odeurs...

— Ça sentait le brûlé, je pense que ça devait être à cause du freinage d'urgence... l'odeur des pneus sur l'asphalte...

— Qu'entendez-vous ?
— Le silence à l'intérieur de la voiture... un silence sépulcral...
— Et à l'extérieur ?
— Des sirènes, persistantes et aiguës.
— D'ambulance ?
— Non, de police.
— Vous êtes sûre ?
— Oui. Ils s'approchent de nous.
— Qui ?
— Les policiers en uniforme.
— Vous savez pourquoi ?
— Non, nia-t-elle de la tête. Maman me regarde, elle me sourit toujours, mais je vois bien que son sourire est différent maintenant...
— Qu'est-ce qui a changé Véronique ?
— Papa est menotté.

- 15 -

En sortant de la consultation du docteur Garcia, Véronique n'avait qu'une idée en tête, découvrir ce qui s'était passé ce jour-là, le jour de l'accident. Elle savait bien qu'il lui serait difficile de connaître la vérité. Elle n'avait ni frère ni sœur, pas de famille proche, et sa mère était morte depuis plusieurs années maintenant.

Elle repensa à Bettina et à cette fameuse médium, Marta. Après tout, que pourrait-elle perdre en allant la voir ? Celle-ci aurait sûrement des choses à lui dire, des choses qui lui permettraient de se souvenir, de retrouver le chemin de son enfance. Elle saurait alors une bonne fois pour toutes qui était son père, et pourquoi sa mère ne lui en avait jamais parlé.

En une demi-heure, elle arriva devant la porte de la liseuse de cartes. Elle hésita d'abord, puis se décida à sonner. Une jeune femme d'origine asiatique lui ouvrit et la fit entrer.

— Marta, occupée. Occupée, répéta-t-elle dans un français incertain, en baissant la tête. Café ?

— Oui, merci.

Elle s'éclipsa dans une pièce située à gauche de l'entrée. Au bout de quelques minutes, elle réapparut derrière Véronique, un plateau rond dans les mains.

— Café, annonça-t-elle en souriant.

Véronique sursauta, elle ne l'avait pas entendue arriver. Elle dirigea alors son regard vers ses pieds et y découvrit deux chaussons plats d'un blanc immaculé. La jeune femme continuait de sourire, inclinant la tête à plusieurs reprises, la tasse de café dans la main.

— Comment vous appelez-vous ? lui demanda Véronique.

— Xisi.

— Merci pour le café, Xisi, lui dit-elle en lui rendant son sourire.

La jeune asiatique acquiesça et disparut, sans faire de bruit.

— Véronique ?

— Oui, répondit-elle en se retournant vers son interlocutrice.

— Je ne m'attendais pas à vous revoir aussi vite, lança Marta d'un air suspicieux.

— Moi non plus, à vrai dire...

— Qu'est-ce qui vous amène, aujourd'hui ?

— J'ai... j'ai besoin que vous m'aidiez à me souvenir...

— À vous souvenir ?

— Oui. D'un moment important de mon enfance. Tout est brouillé... J'ai besoin d'aide pour faire travailler ma mémoire. Je dois absolument recoller les morceaux du puzzle.

— Quel puzzle ?

— Celui de mon enfance.

— Je comprends. Je tâcherai de vous y aider au mieux. Entrez, je vous prie.

Elle la dirigea vers la pièce privée, celle où elle recevait ses clients habituels. Il y régnait une odeur forte d'encens et de patchouli.

Au milieu de la pièce se trouvait une petite table ronde où étaient disposés trois bougies en forme de triangle et un jeu de tarot au centre. Marta prit le jeu dans sa main droite et commença à battre les cartes, sans piper mot.

Véronique l'observait à la lueur des flammes dansantes, avec un mélange d'excitation et d'appréhension. Qu'allait-elle découvrir ? Ces révélations changeraient-elles à jamais le cours de sa vie ?

La tension était palpable. Marta se concentra, ferma les yeux, inspira profondément. Elle sortit une carte, puis une deuxième et ainsi de suite, jusqu'à former un jeu de cinq lames, parfaitement alignées sur la table.

— Ce sont vos cartes, lâcha-t-elle comme à bout de souffle.

— Et ? Que signifient-elles ? demanda Véronique, visiblement intriguée.

— Elles représentent votre passé. La Tour... cela veut dire que vous vous sentez bloquée à cause de ce qui s'est passé ce jour-là, vous êtes comme enlisée dans ce souvenir que vous avez essayé de refouler toute votre vie. Vous avez utilisé un processus de mémoire sélective, comme si vous aviez tout fait pour l'effacer de vos souvenirs... Pourquoi ?

— Je ne sais pas... peut-être parce que ma mère m'a toujours caché l'existence de mon père. Elle a essayé de l'effacer de ma vie, et mes souvenirs d'enfance se sont peu à peu estompés pour disparaître définitivement.

— Vous a-t-elle donné une raison à ça ?

— Non, aucune...

— Regardez, lui dit-elle en pointant une carte, c'est la carte de l'Impératrice, elle représente votre mère et son contrôle, sur vous et vos émotions. Et la carte qui est juste sur la droite, celle de l'Hermite, représente les non-dits, les secrets enfouis... Votre mère est partie en emportant avec elle un secret sur votre père, un secret qui changera votre vie à jamais...

— Mais, de quoi s'agit-il ? Vous commencez à me faire peur, dit Véronique d'un ton peu rassuré.

Marta Duchesne entra dans une espèce de transe, elle ferma les yeux et se mit à claquer des dents sans interruption, durant une longue minute. Puis elle se redressa sur sa chaise, rouvrit les yeux et plaça ses deux mains sur les cartes.

— Vous devez savoir ce qui s'est passé avec votre père, Véronique. C'est son histoire mais c'est aussi la vôtre.

***

Vers 21 heures, elle enfonça la clé dans la serrure. La porte s'ouvrit en faisant un bruit de vieux os. Tout était sombre et sentait terriblement le renfermé. Depuis la mort de sa mère, elle n'y avait pas remis les pieds. Par peur de la retrouver ou, au contraire, par peur de la perdre définitivement.

Elle avait alors choisi de faire l'autruche et de continuer de vivre comme si cet espace clos n'existait pas. On avait bien essayé de le lui faire vendre. Un tel bien dans la région avait beaucoup de valeur, mais loin d'elle l'idée de s'en séparer. Elle savait qu'un jour ou l'autre, elle ressentirait le besoin d'y remettre les pieds. Et ce jour était arrivé. Pas du tout de la façon dont elle l'espérait, mais au moins, elle avait fait le premier pas.

Elle pénétra dans le salon et se mit à ouvrir tous les tiroirs, un par un. Elle ne savait pas du tout par où commencer ni ce qu'elle devait chercher, elle avait juste un besoin frénétique de découvrir le moindre indice sur l'existence de son père.

Peut-être qu'une fois qu'elle saurait qui il était et la raison pour laquelle sa mère l'avait toujours occulté, elle pourrait se libérer de ses chaînes, être plus ouverte à l'amour, avoir plus confiance dans les autres... peut-être...

Au bout d'une demi-heure de fouille effrénée dans le salon, elle passa dans la cuisine où elle procéda aux mêmes recherches intenses, qui demeurèrent elles aussi infructueuses.

Elle fit de même avec la chambre de sa mère, la sienne, la chambre d'amis et même les deux salles de bains. Rien. Le néant absolu.

Cela faisait près de trois heures qu'elle cherchait sans répit. Elle en était venue à se demander si la médium ne s'était pas trompée. Comment pouvait-elle savoir qu'il existait des indices sur l'existence de son père, chez sa mère, d'ailleurs ? Il s'agissait sûrement des élucubrations d'une déjantée.

Puis elle se ressaisit et pensa à une dernière pièce, qu'elle n'avait pas vérifiée, le grenier.

Elle s'y dirigea en toute hâte. C'était là que se trouvait la preuve de l'existence de son père, elle en était sûre.

Une pénombre malsaine régnait dans la pièce, dont le seul faisceau de lumière provenait des lanternes illuminées de la rue. Elle connaissait peu, ou pratiquement pas à vrai dire, cet espace. Sa mère lui avait toujours défendu d'y pénétrer. *C'est dangereux*, disait-elle.

Maintenant, ces mots prenaient tout leur sens. Le danger, c'était son père.

Elle sortit son téléphone portable de sa poche et le mit en mode lampe-torche. Elle put alors distinguer sur sa droite un long meuble étroit, divisé en six tiroirs. Elle les ouvrit l'un après l'autre, en commençant par celui du haut.

Rien à signaler. Une pile de factures insignifiantes.

Le second, lui, renfermait des photos de ses grands-parents maternels, des prises de vue en noir et blanc et des photos de paysages qu'elle prendrait soin de regarder lorsqu'elle aurait le temps.

Dans le troisième tiroir étaient parfaitement disposés et classés toutes sortes de magazines sur l'éducation des enfants et l'adolescence difficile.

Arrivée au quatrième tiroir, elle tira un coup sec pour l'ouvrir, comme elle avait fait avec les autres, mais celui-là resta clos. Il semblait bloqué par quelque chose. Alors, elle se mit à tirer, encore et encore, à tirer fort pour qu'il cède enfin, en vain.

La folle idée d'échouer aussi près du but fit monter en elle une rage qu'elle ne contrôlait plus. Elle poussa un cri féroce et renversa le meuble sur le sol, de tout son long.

Le contenu des tiroirs s'éparpilla dans la pièce, créant un éventail de souvenirs, auxquels elle n'avait pas été invitée.

Elle s'agenouilla alors sur le sol en bois et se mit à fouiller, comme une déchaînée, la lumière du portable pour seule compagnie. Au bout de quelques minutes, quelque chose capta son attention. De vieilles coupures de journaux, assemblées et attachées à l'aide d'un trombone.

Elle ne pouvait pas en croire ses yeux. Ce qui venait de se produire devant elle ne pouvait simplement pas être vrai.

Elle venait de découvrir la véritable identité de ce père qui, avait-elle toujours pensé, l'avait abandonnée.

***

Véronique commença par un article, daté de 1989, tiré du magazine Détective. Il semblait riche en détails, comme tous les articles croustillants mis en avant par cette revue voyeuriste.

Le violeur de Lille a encore frappé !

Lundi matin, une jeune femme de 25 ans s'est présentée au commissariat de Lille afin de dénoncer un viol perpétré à son domicile, durant la nuit de dimanche à lundi. Il s'agit de la troisième victime présumée du violeur de Lille, connue du service de police.

La jeune femme, totalement déboussolée, a raconté sa terrible histoire que nous tenterons de retranscrire au mieux. Grâce à son témoignage, nous connaîtrons enfin le modus operandi *de ce monstre nocturne.*

Le violeur de Lille agit la nuit, il semblerait qu'il suive ses victimes ou qu'il connaisse très bien leur routine. À l'heure actuelle, nous savons qu'il agit uniquement sur des femmes vivant seules, âgées de 19 à 27 ans. Il pénètre chez elles en pleine nuit, le visage masqué, leur administre du chloroforme à l'aide d'un mouchoir imprégné, puis les bâillonne et entrave leurs poignets avec du ruban adhésif.

Les bras des victimes sont généralement placés au-dessus de leur tête et les jambes, écartées par une barre de fer, typique des pratiques sexuelles d'ordre sado-masochiste.

Les victimes sont alors pénétrées vaginalement et sodomisées à plusieurs reprises jusqu'à l'aube. Une véritable descente aux enfers pour ces femmes, incapables de se défendre. (...)

Elle secoua la tête pour recouvrer ses esprits, puis elle dénicha un article de La Voix du Nord et se mit à le lire à voix haute :

Coup de tonnerre dans l'affaire du violeur de Lille ! Ce matin, une jeune femme, que nous nommerons Mélanie pour des raisons évidentes de confidentialité, s'est présentée au commissariat de Lille avec une information capitale.

Mélanie, l'une des dernières victimes connues du violeur de Lille, semble avoir reconnu l'auteur de ce crime. Il s'agirait, selon elle, d'un transporteur de charbon qui fait sa tournée dans le quartier tous les mardis et jeudis.

Mélanie aurait reconnu le timbre de voix très spécial de son violeur. « Je l'ai reconnu tout de suite, dira-t-elle à la police, mais je ne lui ai rien dit, j'avais trop peur qu'il me tue... »

Les policiers suivent donc cette piste avec acharnement, espérant mettre la main au plus vite sur la terreur lilloise.

Et enfin, dans Nord Éclair, accompagné d'une photo en noir et blanc. Le titre était écrit en gras et en large : *Le violeur du charbon*. Voilà comment il avait été surnommé par la presse.

Michel Donely, surnommé le violeur du charbon, originaire de Martinique a été arrêté hier, samedi 17 août 1991 sur une route de campagne de la départementale 824, en direction de Dax.

Michel Donely était accompagné de sa femme et de sa fille âgée de 5 ans lorsque la police a enfin réussi à mettre la main sur le présumé coupable des viols de l'agglomération lilloise de ces deux dernières années.

Cette arrestation met fin à la terreur vécue par des centaines de jeunes femmes, vivant seules et le plus souvent, isolées. Elle met fin aussi au travail acharné de la brigade criminelle de Lille qui travaille depuis plus de deux ans pour retrouver le coupable de ces abominables crimes sexuels. (...)

La traque aura duré plus de six mois, depuis le témoignage capital d'une des victimes, qui avait réussi à identifier le violeur.

Michel Donely sous les verrous, les jeunes femmes de l'agglomération lilloise pourront enfin dormir sur leurs deux oreilles. (...)

Sur la photo qui accompagnait l'article apparaissaient l'image de son père menotté, tête baissée, la voiture accidentée, les policiers, sa mère, les lumières des gyrophares. Et elle, en arrière-plan, enveloppée dans une couverture, horrifiée.

– 16 –

Il était 19 heures lorsque le téléphone de Véronique se mit à sonner. C'était un numéro qu'elle connaissait encore très peu, celui de Daniel.

— Un café, ça te dit ?
— Salut, Daniel, tu tombes très bien, j'avais vraiment besoin de me changer les idées...
— Ah bon ? Rien de grave, j'espère ?
— Non, non. Ne t'inquiète pas.
— OK, tu me raconteras tout ça devant un bon muffin. Dans quinze minutes au Notting Hill, ça te va ?
— Parfait, à tout de suite !

Lorsqu'elle arriva au café, agencé sur deux étages avec un escalier en colimaçon, Véronique repéra tout de suite Daniel, qui lui fit un signe de la main avec un grand sourire.

Plutôt maigre mais bien proportionné, il n'était pas très grand, un mètre soixante-dix à tout casser. Grands yeux noisette, cheveux châtain foncé attachés en chignon haut, faussement négligé. Il portait assez bien la barbe de trois jours et ses vêtements, toujours à la mode, façon *british* trois-pièces gris chiné, accompagnés de Richelieu marron en cuir vieilli.

— Tu vas bien, Véro ?

— Ça pourrait aller mieux...

— Ton enquête ?

— Il y a de ça oui, mais pas que...

— Tu peux m'en parler si tu veux, lui dit-il en lui prenant la main, je suis là pour t'aider.

— Merci Dani. Ça ira, répondit-elle en souriant.

— Qu'est-ce qui te ferait plaisir ? Je vais passer commande à l'entrée.

— La même chose que toi, ça ira très bien.

— Alors, va pour deux cafés et deux muffins aux fruits rouges !

Au bout de quelques minutes, Daniel revint s'installer auprès de Véronique, un plateau chargé dans les mains.

— Je t'ai pris une petite mignardise en plus, rien que pour toi. J'espère que ça t'aidera à retrouver le sourire !

— Tu peux en être sûr !

Elle éclata de rire en s'empiffrant de son muffin.

— Merci, vraiment...

— Merci pour quoi ?

— Pour ta présence, ça me fait du bien...

— Je t'en prie ma belle, ne me remercie pas. Alors, dis-moi, comment avance ton enquête ?

— Pas terrible à vrai dire... Je dois justement appeler les deux témoins qui ont retrouvé la première victime.

Ils ne m'ont pas l'air très nets, dit-elle en reprenant une bouchée de son gâteau.

— Pourquoi ça ?

— Parce que leur témoignage est un peu vague... je n'arrive pas à m'expliquer comment ils ont pu tomber sur le corps alors qu'il pleuvait des cordes ce jour-là, que la zone sortait des sentiers battus et était complètement impraticable. Qu'est-ce qu'ils pouvaient bien foutre là ? Je me le demande...

— Ils étaient où exactement ?

— Sur les bords du canal de l'Esplanade, derrière le pont.

— Je vois, acquiesça-t-il en prenant une gorgée de son café.

— Qu'est-ce que tu vois ?

— Eh bien, cet endroit dont tu me parles est un endroit bien connu dans la communauté gay, si tu vois ce que je veux dire, ajouta-t-il en accompagnant sa réponse d'un clin d'œil coquin.

— Tu veux dire que...

— Que tes témoins n'ont rien à voir avec le meurtre. Ils sont juste allés fricoter à l'abri des regards...

— Tu crois ?

— J'en suis sûr, insista-t-il en portant sa tasse de nouveau sur ses lèvres.

— Ah mais quelle conne ! Je n'y avais même pas pensé ! Merci Dani, dit-elle en l'embrassant sur la joue. Faut que j'y aille !

— Pas de souci. Bisous, ma beauté.

***

— Vidal, gueula-t-elle en entrant dans le commissariat, dans mon bureau!

— Tout de suite, commissaire.

Véronique composa le numéro d'extension du poste de Bettina et l'invita à venir la retrouver elle aussi.

— Bien, commença-t-elle devant Vidal et Bettina. Nous devons rappeler au plus vite les deux témoins de l'Esplanade. J'ai de bonnes raisons de croire que ce qu'ils nous cachent n'a absolument rien à voir avec les meurtres et j'ai besoin d'en être sûre.

— À quoi pensez-vous ? l'interrogea Bettina.

— Qu'ils ont une relation sentimentale, tous les deux, et qu'ils n'osent pas l'avouer, tout simplement.

— Qu'est-ce qui vous fait penser ça ? demanda Vidal en plissant les yeux.

— J'ai su d'une source fiable que le lieu improbable où ils ont retrouvé la victime est en fait un lieu de réunion pour les couples gay.

— OK. Je m'en occupe. Je les convoque pour 18 h 30, ça vous va ?

— Parfait, Vidal. Merci.

Alors qu'il quittait la pièce, Bettina s'installa sur la chaise en face de Véronique.

— Vous allez bien ? lui demanda-t-elle, vraisemblablement préoccupée.

— Je vais mieux, merci.

— Je sais qu'on ne se connaît pas vraiment mais si vous avez besoin...

— Merci, Bettina, c'est très gentil de votre part.

— Je vous en prie, c'est normal entre collègues, dit-elle en souriant de bon cœur.

Le téléphone sonna.

— Commissaire De Smet, j'écoute.

— Commissaire, c'est Vidal. Je vous confirme juste les convocations des deux jeunes hommes à 18 h 30. Ils viendront tous les deux accompagnés d'au moins un parent.

— Je m'en doutais, regretta-t-elle, pas le choix...

— Non, pas le choix, commissaire, ils sont tous les deux mineurs.

— Je sais bien... On se retrouve tout à l'heure dans la salle d'interrogatoire.

— OK.

***

À 18 h 25, les deux adolescents étaient installés sur le banc de la salle d'attente du commissariat, accompagnés par un parent. Éric semblait mal à l'aise, il ne tenait pas en place et ne cessait de se frotter les paumes des mains sur son jean, le dos courbé. Il jetait des regards furtifs vers Nicolas qui, lui, restait impassible. Il se tenait droit comme un piquet, les bras croisés, collés contre son abdomen, le regard ferme.

Les parents eux, de leur côté, se mirent à leur parler à voix basse, sans doute pour les détendre, mais cela n'eut visiblement pas l'effet escompté sur Éric qui se leva d'un bon et se rua vers les toilettes.

Véronique et Bettina étaient déjà là lorsqu'il sortit des lavabos, s'essuyant machinalement la bouche d'un revers de la main. Il était dans un piteux état, c'est le moins que l'on puisse dire.

— Nicolas, veuillez accompagner Bettina ; Éric, veuillez me suivre, s'il vous plaît.

Les deux adolescents s'exécutèrent sans broncher.

— Bettina, lança Véronique en la retenant par le bras, faites-le patienter jusqu'à ce que je termine avec Éric, je ne serai pas longue.

— Bien, acquiesça-t-elle d'un mouvement de tête.

Dossier sous le bras, accompagnée par Vidal, Véronique s'installa en face d'Éric. Sa mère, à ses côtés, lui tenait fermement la main.

— Bien, commença Véronique en actionnant le bouton enregistrement de la caméra, nous allons donc commencer l'interrogatoire de Éric Monpars ici présent, né le 18 septembre 2000 à Lille, accompagné par Mme Isabelle Monpars, mère du mineur. Le commandant Vidal et moi-même, Véronique De Smet, commissaire chargée de cette enquête sur le meurtre de l'Esplanade, procéderons à l'interrogatoire. Éric, pouvez-vous nous rappeler la raison pour laquelle vous vous trouviez sur les lieux de la scène de crime, cette après-midi du 5 octobre 2016 ?

— Je vous l'ai déjà dit, répondit-il en se frottant de nouveau les mains sur son jean. On se promenait avec Nicolas, rien de plus.

— Rien de plus, insista-t-elle, vous en êtes sûr ? dit-elle en se rapprochant de lui.

— Je... oui... bien sûr.

— Pourtant... on m'a laissée entendre que ce coin-là est souvent utilisé pour... comment dirais-je, des rendez-vous amoureux, à l'abri des regards, si vous voyez ce que je veux dire...

— Non, je ne vois pas, nia-t-il alors d'un mouvement de tête.

Sa mère se mit alors à l'observer d'une étrange manière, comme si elle venait juste de comprendre ce qui se passait. En larmes, Éric acquiesça d'un battement de paupières. Il avait compris en cet instant que sa mère savait tout, qu'il avait été démasqué après tant d'années d'une sexualité refoulée.

À vrai dire, son éducation catholique ne l'avait pas vraiment aidé à s'accepter tel qu'il était. Il en était même venu à penser au suicide, plusieurs fois d'ailleurs. S'imaginant que sa perte serait plus facile à accepter que son homosexualité.

Et il n'avait peut-être pas tort... car, lorsque sa mère reçut la confirmation de ce qu'elle redoutait tant, de la bouche de son propre fils, elle prit le sac qu'elle gardait jusque-là sur ses genoux, se leva d'un bond, le regard noir, et quitta la pièce sans un mot.

Malveillance ou ignorance, appelez ça comme vous voulez, le résultat était le même : un gamin effondré, tiraillé entre ce qu'il devait être pour ses parents et ce qu'il était vraiment.

Véronique lui prit alors la main et simplement, lui adressa un sourire. Un sourire qui se voulait réconfortant et amical.

Elle se leva et quitta la salle à son tour. Elle y laissait Éric en compagnie de Vidal et d'un agent. Elle se rendit vers l'autre salle d'interrogatoire, celle où se trouvaient Bettina, Nicolas et son père.

Sans prendre de gants, Véronique s'immisça dans la conversation et d'un signe de tête, indiqua à Bettina qu'elles avaient ce qu'elles voulaient.

— Nicolas, dit-elle au mineur, Éric a parlé, nous savons ce qui s'est passé. Nous n'avons pas besoin de vous retenir plus longtemps.

— Bien, fit-il en défroissant son pantalon.

— Un instant, l'intercepta-t-elle au pas de la porte, je pense que vous devriez en parler avec votre famille, si vous voyez ce que je veux dire... vous ne devez pas vous sentir coupable de quoi que ce soit ni en avoir honte, c'est votre vie, Nicolas.

— De quoi parle-t-elle, fiston ? lui demanda son père en le prenant par la manche de son manteau.

— De rien, répondit-il en dégageant son bras, de rien du tout ! On peut y aller ?

— Oui, vous êtes libres de partir, conclut Véronique.

- 17 -

— C'est à cette heure-ci que tu rentres ? gueula-t-il sans même se retourner.

— J'ai beaucoup de boulot, tu le sais, Fabrice...

— Encore cette enquête ? Vous n'avancez pas d'un poil, dit-il d'un air dédaigneux. C'est à se demander si vous retrouverez le coupable un jour...

— Pourquoi es-tu si...

— Si quoi ? se décida-t-il à lui demander en se retournant vers elle.

— Si désobligeant... répondit-elle en se mordant la lèvre.

— Désobligeant ? Ah ! C'est l'hôpital qui se fout de la charité ! Ben voyons, on aura tout entendu dans cette baraque. Je préfère regarder la télé plutôt que d'écouter tes conneries. Je t'ai assez entendue.

Bettina se tut. Elle ne répondit pas aux provocations de son mari, elle y était malheureusement trop habituée.

Au début, elle essayait tant bien que mal de se défendre, de s'opposer à son mauvais caractère, à ses injures même, mais à quoi bon ? Elle savait qu'il ne changerait pas et que sa vie serait un enfer, le restant de ses jours. Elle l'avait bien mérité après tout. Elle n'avait que ce qui lui correspondait, une vie misérable en compagnie d'un homme qui ne pouvait même plus la regarder dans les yeux.

— Je vais préparer à manger, enchaîna-t-elle.

— Fais quelque chose de comestible cette fois, ça serait gentil de ta part.

— J'y tâcherai.

Après un plat de pâtes à la bolognaise, avalé dans un silence sépulcral, le couple s'installa devant la télé, sans un regard, sans un mot.

Un silence complet. Un silence dérangeant qui donnait envie de prendre la fuite, de partir loin de tout ça. C'est ce à quoi songeait Bettina depuis deux ans déjà, mais elle était incapable de sauter le pas. Incapable de laisser derrière elle la cicatrice de sa culpabilité.

Non, ce serait trop facile et pas courageux du tout. Elle ne pouvait pas briser les chaînes qui la reliaient à son mari. Elle devait rester et tout supporter, coûte que coûte.

***

Vers 23 heures, après avoir aidé son mari à se déshabiller et à se mettre au lit, elle s'isola dans la salle de bains, où elle resta de longues minutes à se regarder dans le miroir.

Elle ne voyait plus qu'une femme aigrie, que la tristesse avait rongée au fil des années. Elle regarda ses traits tirés, ses paupières gonflées. Pourtant, elle ne pleurait plus, depuis bien longtemps. Plus rien ne sortait, c'est comme si elle était vide à l'intérieur, comme si elle était devenue un automate. Son cœur semblait étriqué dans ce corps généreux qui, autrefois, avait donné la vie.

Alors qu'elle se déshabillait afin de rejoindre son mari dans le lit conjugal, elle s'arrêta quelques instants sur le reflet de son dos dans le miroir entrouvert. Elle aperçut alors son tatouage, celui qu'elle s'était fait depuis près de deux ans et se mit à le scruter de près.

Une phrase écrite dans une typographie *old school*, « *Kiss kiss bang bang* », accompagnée d'un vieux pistolet, comme ceux que portaient les danseuses de cancan dans leurs jarretières. Son tatouage, c'était sa piqûre de rappel, sa manière de se dévoiler et de ne pas oublier, la seule façon qu'elle avait trouvé pour se rappeler qu'en elle résidaient le bien et le mal.

Près de quinze minutes plus tard, elle se dirigeait vers son lit. Avant de se coucher, elle prit une photo qu'elle gardait précieusement dans le tiroir de sa table de chevet et l'observa longuement.

Un couple souriant et heureux, accompagné d'un enfant de 6 ans au regard malicieux.

***

Alors qu'elle sombrait dans le sommeil, Fabrice se retourna vers elle. Il sentit son souffle léger sur son visage, l'observa pendant de longues minutes, et pensa à ce qu'était devenue leur vie de couple.

Une vie monotone, triste, pleine de rancœur. Il savait bien que cette situation ne pourrait pas durer éternellement, que cette rage qu'il gardait au fond de son cœur finirait par le consumer, tôt ou tard.

Pour lui, c'était comme vivre avec son pire cauchemar. Vivre avec celle qui lui avait tout donné et tout repris en un millième de seconde. Il l'avait tant aimée, il l'avait tant chérie. L'amour qu'il lui portait autrefois était son oxygène, sa raison de vivre, comme une passion à laquelle il se raccrochait et qui lui donnait envie de se réveiller chaque matin, à ses côtés.

Parce qu'il ne fallait pas se le cacher, leur histoire, avant tout ça, pouvait se résumer à un seul mot : bonheur. Ils pouvaient passer des heures à rire à n'en plus finir, tous les deux sur le canapé à manger du popcorn devant un bon film des années cinquante. Elle, lovée contre son torse, leurs jambes enlacées, comme s'ils avaient peur de se perdre, de se quitter ne serait-ce qu'un instant.

Et pourtant ce soir, en la regardant dormir, il n'aurait pas su dire s'il l'aimait encore ou si au contraire, il la détestait profondément. Il semblait être à des années-lumière de cette autre vie qu'il ne considérait déjà plus comme la sienne.

Ce passé, leur passé, était un mirage auquel il valait mieux ne plus se raccrocher. Trop peur de souffrir, encore.

Il se sentait pris au piège physiquement et mentalement, dans une impasse où son monde s'était arrêté, comme mis en pause pour une durée indéterminée.

Puis, dans un moment de faiblesse, tandis qu'il l'observait encore, il avança sa main droite grande ouverte, hésitante, vers le cou de Bettina. Sans savoir pourquoi, elle resta bloquée, comme paralysée devant le visage paisible. Il jura en son for intérieur, maudissant son propre sort.

Alors il se rétracta, serrant son poing tremblant, puis le rouvrit peu à peu, comme une fleur prête à éclore. Presque contre sa volonté, il se mit à caresser tendrement les cheveux de sa femme, comme il le faisait autrefois.

- 18 -

— Salut, Bettina, lança Véronique à la porte de son bureau. T'as une sale mine aujourd'hui, mal dormi ?

— On peut dire ça, oui... mais au fait, tu me tutoies maintenant ?

— Pardon, si ça te dérange...

— Non, non, ne dis pas de bêtises !

— Très bien, lui fit-elle, soulagée, dans un sourire. Écoute, j'aimerais qu'on voie ensemble le dossier sur la première victime de l'Esplanade. On n'a toujours rien sur lui et je commence sérieusement à me demander si quelqu'un va le réclamer un jour...

— T'as raison, je te suis.

— Tu ne prends pas tes notes ?

— Si, pardon, dit-elle en se dirigeant vers son dossier parfaitement rangé sur son bureau. Désolée, je ne sais pas ce que j'ai aujourd'hui...

— Ne t'inquiète pas, on a tous des jours avec et des jours sans. Moi la première, lui répondit Véronique pour la rassurer.

Alors qu'elles entraient dans le bureau, Vidal les rejoignit, précipitamment.

— J'ai quelque chose qui va vous faire plaisir, dit-il en s'adressant à Véronique, brandissant une feuille A4 dans la main.

— Dites toujours, articula-t-elle en prenant une première taffe de sa cigarette.

— On a reçu un appel qui provenait de Bristol, en Angleterre. Apparemment, il est fort probable qu'il s'agisse des parents de la première victime.

— Comment ont-ils su pour la disparition ?

— Il semblerait que la fac de Lille 2 ait bien fait son travail... Ils ont contacté tous les parents d'étudiants étrangers Erasmus qui n'avaient pas mis les pieds en cours depuis au moins deux mois. Et devinez quoi ? Leur fils en fait partie ! Et pour couronner le tout, ils n'ont aucune nouvelle de lui depuis mi-septembre.

— Aucune nouvelle de leur fils et ils ne s'en préoccupent que maintenant ? demanda Véronique effarée par la nouvelle.

— Ils disent que leur fils est un oiseau libre, qu'il peut rester pendant plusieurs mois sans donner de nouvelles. Ils sont visiblement habitués...

— Vous leur avez demandé une photo de leur fils pour pouvoir comparer ?

— C'est fait, répond-il en brandissant la feuille A4 vers elle. Voilà la dernière photo de lui, prise en août.

— C'est très ressemblant effectivement... Vous leur avez demandé...

— Oui, la coupa-t-il, ils arriveront demain matin et nous procéderons à une analyse ADN pour prouver qu'il est bien leur fils.

— Et pour couronner le tout, il était pompier volontaire dans son pays.

— Ça colle avec l'obsession de la meurtrière pour les uniformes... parfait Vidal, bon boulot.

— Merci commissaire, bredouilla-t-il tout sourire, on est là pour ça.

***

— Y a plus qu'à espérer...

— Espérer quoi ? lâcha Véronique, fouillant dans ses paperasses.

— Que ce soit bien le gamin qu'on cherche.

— Oui, enfin... pour nous, soupira-t-elle. Pour les parents, pas si sûre que ça leur fasse le même effet.

— Ce qui m'intrigue tout de même, poursuivit Bettina, c'est de ne pas connaître la raison pour laquelle la meurtrière passe à l'acte. Qu'est-ce qui peut bien se passer dans sa tête...

— Une foule de choses, Bettina... et franchement, je n'aimerais pas y être, dans sa tête. Ça ne doit pas être joli, joli...

— Non, c'est certain. Mais à ton avis, qu'est-ce qui peut bien la pousser à agir ?

— En toute honnêteté, je n'en ai aucune idée. Le seul point commun entre les victimes, ce sont les uniformes et leur ressemblance physique. On n'a rien d'autre, que du vent... On sait aussi qu'elle doit être jolie, capable de les appâter, et son âge, je dirais entre 18 et 25 ans.

— Ça me semble logique, acquiesça Bettina. Au fait, tu as eu le temps de voir la vidéo de caméra surveillance du Network ?

— La discothèque sur Solférino ?

— Oui, c'est un de tes gars qui l'a apportée hier soir, mais comme tu n'étais pas là, je l'ai visionnée toute seule.

— Et ?

— Eh bien, devine qui on voit attablés au bar ?

— T'es sûre de toi ?

— Sûre à 100 %, non. Mais ça m'en a tout l'air... jette un coup d'œil quand tu auras le temps et tu me diras ce que tu en penses...

— Quand j'aurai le temps ? Le temps, on n'en a pas ! Je vais la visionner tout de suite, cette vidéo.

— Parfait, je t'accompagne, ça ne me fera pas de mal de la revoir...

Sur la vidéo, une multitude de jeunes se déhanchaient au son d'une musique électronique commerciale. Les verres d'alcool défilaient, les rires éclataient, les corps se trémoussaient tandis qu'un jeune homme, qui ressemblait étrangement à la victime de l'Esplanade, était assis sur une des chaises hautes du bar, faisant tourner sa paille dans un verre à cocktail. Par chance, la caméra était placée juste au-dessus des bouteilles, à l'entrée du bar, ce qui donnait un assez bon angle de vue.

Visage en mouvement, Véronique découvrit le jeune homme qu'il était avant de n'être qu'un cadavre, un numéro de dossier dans sa liste de crimes non élucidés. Il semblait perdu, mal à l'aise, et, à plusieurs reprises, se passa les deux mains sur le visage, comme pour recouvrer ses esprits.

Cinq minutes plus tard, une brune aux cheveux longs surgit derrière lui. Il sembla sursauter, comme surpris par sa venue. Il se retourna vers elle, dos au bar, et elle, face à la caméra.

— On peut zoomer sur son visage ? demanda Véronique au technicien.

— Bien sûr, répondit-il. Je ne sais pas si on arrivera à la voir parfaitement mais au moins, vous aurez une idée de sa physionomie.

— Une idée, répéta-t-elle, ça sera toujours mieux que ce que nous avons...

— Je n'en doute pas, dit-il en zoomant au maximum sur le visage de la jeune fille.

L'image sembla soudain se brouiller, représentant une mosaïque de couleur, pour finalement se peaufiner et révéler le visage que Véronique désirait tant connaître.

Les yeux rivés vers la caméra, la jolie brune entoura le jeune homme de ses bras dénudés et en profita pour verser une fine poudre dans le verre de celui qu'elle venait à peine de rencontrer.

Sans lâcher des yeux l'objectif qu'elle avait parfaitement repéré, elle esquissa un sourire étrange, d'un air satisfait.

***

Dehors, le vent s'était mis à souffler très fort, l'automne laissait place tranquillement à l'hiver. Les dernières feuilles étaient tombées des arbres, désormais dégarnis et tout le monde était de nouveau bien à l'abri sous plusieurs couches de vêtements.

Des odeurs de chocolats chauds et de crêpes à la cassonade, qui provenaient des terrasses chauffées, embaumaient la rue.

Au coin de la Bourse aux livres était installé le commandant Cuvelier, une tasse de café devant lui. Lorsqu'il vit arriver Véronique au loin, il leva la main pour lui signaler sa présence. Elle s'avança alors vers lui et timidement, l'embrassa sur la joue.

— Je suis à peu près sûr que vous ne connaissez toujours pas mon prénom... lâcha-t-il.

— Détrompez-vous, je le connais parfaitement, lui sourit-elle. Julien, vous vous appelez Julien.

— Pardon ! ricana-t-il, j'avais oublié que vous étiez flic...

— Eh oui... un détail important, effectivement !

Elle but une gorgée de son café bien noir et se mit à lui sourire, sans même savoir pourquoi. En fait si. Elle le savait parce qu'elle ressentait un bien-être, un réconfort qu'elle n'avait pas éprouvé depuis bien longtemps. Elle le regarda dans les yeux, durant quelques secondes, prête à percer le mystère de cet homme qu'elle connaissait à peine et qui, pourtant, avait réveillé en elle des sentiments qu'elle pensait perdus à jamais.

— Vous avez été marié ? le questionna-t-elle.

— Non, je n'ai jamais été marié. En concubinage pendant neuf ans mais sans se passer la bague au doigt.

— Il y a une raison à ça ?

— Aucune. J'ai peut-être peur de l'engagement, ou alors, elle n'était simplement pas faite pour moi, je ne sais pas.

— Des enfants ?

— Non plus. C'est un interrogatoire, commissaire ?

— Non, non, pas du tout, c'est juste histoire de mieux vous connaître...

— Alors déjà, Véronique, si vous souhaitez mieux me connaître, lui glissa-t-il en prenant ses mains dans les siennes, commencez déjà par me tutoyer...

— Oui, vous... tu as raison, je veux dire.

— Tu as quelques heures devant toi ?

— Euh... pas vraiment non...

— Juste une ?

— Oui...

— Alors, suis-moi.

Il la prit par la main, traversa la Grand-Place et l'emmena vers l'entrée du Vieux-Lille. Il poursuivit sa route jusqu'à la cathédrale Notre-Dame-de-la-Treille. Puis, sans s'arrêter, Julien s'engouffra à l'intérieur de l'hôtel de la Treille, où il avait réservé une chambre pour deux nuits.

Se tenant toujours par la main, ils prirent l'ascenseur et se dirigèrent au premier étage, porte 4. À l'intérieur, un espace cosy aux lumières tamisées invitait à s'y lover. La chambre conjuguait à la perfection les styles classique et moderne, dans un esprit chic et délicat.

Sans se faire prier, Julien s'avança vers Véronique et l'embrassa doucement d'abord, pour ne pas la brusquer, puis passionnément ensuite. Il l'aida à se défaire de son manteau puis de son chemisier, qu'il déboutonna à la hâte. Il prit alors ses seins entre ses mains et les embrassa, tour à tour, avant de l'allonger sur le lit.

Son jean abandonné sur le sol, il lui sépara délicatement les jambes et glissa sa tête entre ses cuisses. Elle se laissa bercer par son partenaire, s'oubliant elle-même et oubliant son affaire en cours, emportée par sa langue chaude qui la parcourait dans un rythme effréné.

À l'ombre des regards, vautrée dans les draps blancs de la chambre numéro 4 de l'hôtel de la Treille, Véronique se libéra de toute la tension accumulée durant ces dernières semaines et, contre toute attente, se mit à jouir contre celui que son cœur avait choisi.

PARTIE III :

L'INVITATION À LA MORT

- 19 -

Lille, novembre 2016.

Laisse-moi te prendre la main, dis-moi que tu m'aimes, Nicky... Dis-moi que tu m'aimes...

Sous l'eau qui coulait à flots sur son visage, Nicky se sentait protégée, enveloppée par ce liquide brûlant. Elle était face à elle-même, face à ses souvenirs, qui désormais n'étaient plus que cela, des souvenirs.

Laisse-moi te prendre la main, dis-moi que tu m'aimes, Nicky... Dis-moi que tu m'aimes...

Pourtant, ils continuaient de la hanter, jour et nuit. Les cauchemars se répétaient, nuit après nuit. Les scènes d'horreur qu'elle avait vécues dans son enfance se bousculaient dans sa tête, créant un fouillis de réminiscences qu'elle ne contrôlait plus.

Les traces d'ongles incrustées dans sa poitrine, les brûlures de cigarettes, les cicatrices sur l'entre-jambes lui rappelaient une époque où les châtiments étaient monnaie courante. Rien ne passait à la trappe, tout lui était facturé. Chaque plainte, chaque pleur, chaque cri ne faisait qu'accentuer la rage de ses bourreaux.

Alors, sans prendre de gants, ils la martyrisaient comme une foutue poupée de chiffon, balancée contre un meuble, frappée jusqu'à l'évanouissement, violée sans répit. Ensuite, ils la jetaient comme un sac poubelle dans le garage, où elle dormait des nuits entières, à même le sol goudronné, enroulée sur elle-même, complètement nue.

Personne, non, jamais, n'était venue la secourir. Pourtant, ses cris résonnaient bien fort, ses voisins auraient dû l'entendre, auraient dû faire quelque chose pour lui venir en aide. Où étaient-ils ? Pourquoi faisaient-ils semblant qu'elle n'existait pas ? Ou alors, ou alors… ses cris ne résonnaient que dans sa tête où personne d'autre qu'elle ne pouvait les entendre…

Laisse-moi te prendre la main, dis-moi que tu m'aimes, Nicky… Dis-moi que tu m'aimes…

L'amour pour elle n'avait eu que le reflet de coups et de privations. C'était bien là la seule forme d'amour qu'elle connaissait. D'abord son père. La première fois qu'il avait commencé à la tripoter, elle n'avait que 5 ans. Sa mère était sur son lit de mort, malade à en crever. Foutu cancer. Alors, lui, il en a profité. Et pas qu'un peu, le salaud. Il fallait bien qu'il trouve du réconfort là où il n'en avait plus avec sa femme, se vider les couilles comme on dit. Alors, au lieu d'aller voir les filles de joie, il avait préféré prendre la première qui se présentait devant lui, sa fille. L'avoir sous la main à toute heure de la journée, c'était bien mieux que de devoir se déplacer.

Et puis, et puis elle au moins, elle ne demandait rien en retour, pas un rond à dépenser ; parce qu'il ne fallait pas se leurrer, les finances, c'était pas la joie dans la famille. Et, elle se la fermait, que demander de plus ? Bon, elle criait un peu au début, mais une bonne baffe, et elle finissait par se taire. Elle savait bien ce qui l'attendait dans le cas contraire.

Alors Nicky subissait les humiliations, les viols répétés, les coups et les privations. Mais ce qui lui faisait le plus de mal, c'était bien la participation de son frère à ces atrocités. Un grand frère... ce n'était pas censé protéger sa petite sœur ? Ce n'était pas censé être prêt à tout pour la défendre, envers et contre tous ?

Au lieu de ça, il avait préféré la battre, elle, et en profiter pour lui aussi, en faire sa chose.

***

Elle termina de se doucher, ouvrit le rideau en plastique et attrapa sa serviette rêche, calée sur une vis, contre le mur. Elle se plaça ensuite devant le miroir enlaidi par une humidité envahissante, se frotta la tête d'abord, puis le visage.

Elle se mit alors à s'observer dans la glace.

À sa grande surprise, ce ne fut pas son visage qu'elle vit, mais son dos scarifié. Soudain, elle prit peur et ne put s'empêcher de laisser échapper un cri atroce, étouffé par deux mains agitées.

Elle ferma les yeux bien forts et les rouvrit, peu à peu, tremblante. Elle ressentait une peur intense, une peur infecte de revivre son passé.

Elle vit alors le reflet de son visage dans le miroir. Yeux cernés, joues creusées, et crâne dénudé. Sa tête était brûlée à vif par endroits, complètement dégarnie à d'autres et enveloppée d'un fin duvet sur une infime partie, à peine perceptible à l'œil nu.

Après s'être observée longuement, elle posa ses mains sur son crâne, le frôlant à peine, caressant du bout des doigts le souvenir d'un châtiment extrême.

Danse, Nicky, danse.

Elle remua la tête comme pour s'obliger à oublier ce moment atroce, et attrapa la perruque aux longs cheveux noirs qui reposait sur un tabouret en plastique jauni. Elle se figea devant la glace et l'ajusta méticuleusement sur son crâne.

***

À la tombée de la nuit, Nicky se défaisait de sa perruque et s'installait sur son vieux canapé délabré, devant la télé. Elle n'était pas du genre à s'intéresser à quoi que ce soit. Elle n'était fan d'aucun programme en particulier. Ce qu'elle aimait, elle, c'était le bruit qui résonnait dans la pièce et qui l'empêchait de penser.

Elle pouvait rester là pendant des heures, les yeux fixes, rivés vers un point imaginaire, à s'arracher les quelques maigres cheveux qui lui restaient sur le crâne.

Elle vivait depuis près de deux ans dans ce taudis. Une caravane qui menaçait à tout moment de s'éventrer. Elle avait trouvé ce logement alors qu'elle venait de s'enfuir de l'enfer dans lequel elle vivait. Elle n'avait alors aucun moyen de subsister ni de se payer du luxe, il ne fallait clairement pas chipoter.

C'est comme ça qu'elle avait rencontré Manu, un soir, dans un bar. Il a tout de suite été cash avec elle, pas du genre à tourner sept fois sa langue dans sa bouche avant de parler. Non, lui n'a pas perdu de temps à essayer de la courtiser ni quoi que ce soit qui puisse y ressembler. Il lui a dit textuellement, « *Tu veux une piaule ? Alors faudra baiser.* » Et elle, bien évidemment, elle a accepté. C'était ça ou être dans la rue.

De toute façon, ce n'était pas une princesse, Nicky. Elle était habituée à bien pire, et pour pas un rond. Là au moins, elle était fière de dire qu'elle paierait sa liberté.

Cet échange de bons procédés dura quatre mois. Manu venait la voir pratiquement tous les soirs, un peu éméché, il faut se l'avouer. Le point positif, c'est que ça ne durait jamais longtemps, c'était du vite fait avec lui. Mais, même comme ça, Nicky en vint à le haïr, à tel point qu'un jour, il arrêta de venir frapper à sa porte, comme par enchantement. On n'a jamais su ce qu'il était devenu, le pauvre Manu.

Les voisins lui ont pourtant demandé à Nicky, parce que c'était la dernière personne à l'avoir vu et eux le savaient. Mais elle, fidèle à elle-même, avait répondu qu'elle n'en savait rien. Elle avait pris un air affligé et adressé une larmichette de consolation à sa voisine qui voulait en savoir trop, puis avait refermé sa porte et l'avait regardée partir, de sa minuscule fenêtre un brin souillée...

− 20 −

— Bettina ? appela Véronique à la porte de son bureau.

— Oui ?

— Peux-tu venir avec moi accueillir les parents de la victime de l'Esplanade ? Ils devraient arriver d'ici à cinq minutes.

— Oui, bien sûr, répondit-elle en se levant de sa chaise. Tout va bien ?

— Oui, c'est juste que je déteste ces moments-là, et encore plus quand il s'agit d'un gamin...

— Je comprends... dit-elle, absorbée par ses pensées.

Alors qu'elles se trouvaient toutes les deux devant la machine à café, un homme et une femme firent leur entrée, accrochés l'un à l'autre. Véronique jeta son gobelet en plastique et se dirigea vers eux. C'est la femme qui engagea la conversation la première.

— Bonjour, se présenta-t-elle dans un français parfait, en avançant la main vers celle de la commissaire. Je suis Rachel, la maman de Mat. Et voici mon mari. Il ne parle pas français mais je traduirai, ne vous inquiétez pas.

— Bien, répondit Véronique, je suis la commissaire De Smet et voici ma coéquipière, l'inspectrice Rosco. Veuillez me suivre, s'il vous plaît.

— Écoutez, poursuivit Rachel, nul besoin de prendre de gants ni nous réunir dans votre bureau pour en parler. Nous préférons voir notre fils directement, si possible.

— Oui... bien sûr, comme vous voulez, répondit Véronique, décontenancée par la froideur de cette femme aux allures de top model.

Alors qu'ils parcouraient le couloir qui menait à la morgue, le silence se fit. Personne n'osa prendre la parole. Le couple attendait juste d'arriver au fond du couloir pour connaître enfin la vérité, aussi crue soit-elle.

— C'est ici, indiqua Véronique de la main. Entrez, je vous prie.

Le médecin légiste les attendait, prêt à soulever le drap qui les séparait de la désolation. La mère, d'un signe de tête, l'invita à dévoiler le cadavre qui gisait sur la table en aluminium. Elle la toucha de la paume de la main et sentit la froideur envahir son corps, comme un linceul mortuaire.

Rachel était appuyée sur le bras de son mari qui restait muet face à la scène qui se déroulait devant lui.

Bettina et Véronique n'avaient aucun moyen de savoir si son silence était dû à la barrière de la langue, s'il n'était tout simplement pas ému, ou encore si les mots lui manquaient.

— C'est lui, affirma la mère, c'est notre fils, Mat.

Voilà, c'était donc aussi simple que ça. Donner un nom, une identité au cadavre qui était étendu de tout son long sur la table. Avec les idées plus claires et bien décidée à faire avancer son enquête, Véronique les raccompagna jusqu'à son bureau.

***

— Je suis vraiment désolée, dit Bettina à la mère du jeune étudiant, vraiment...

— Merci, répondit-elle en essuyant les larmes qui coulaient sur ses joues.

Cette femme semblait d'une étrange froideur, comme impénétrable. Même ses pleurs semblaient contrôlés, comme si elle se défendait de ressentir une quelconque émotion envers celui qu'elle avait porté. Elle était élancée et élégante, c'est le moins que l'on puisse dire. Une jolie femme blonde, la cinquantaine bien conservée.

Véronique l'invita à s'asseoir et elle s'exécuta, en croisant sa jambe droite sur celle de gauche, à la perfection. Sa jupe coupe droite se releva en glissant contre ses cuisses, dans un mouvement impeccable.

— Auriez-vous des documents qui attesteraient que vous êtes bien les parents de Mat ? un livret de famille ?

— Oui, bien sûr, répondit-elle en le sortant de son sac à main. C'est un livret français, Mat avait la double nationalité, tout comme moi. Je suis née à Lille, puis je suis allée vivre à Bristol lorsque j'ai connu mon mari.

— C'est pour ça que votre fils était venu étudier ici ?

— Oui, il voulait vivre l'expérience que j'avais moi-même vécue. Ça lui tenait à cœur de suivre mes pas...

— Ce n'est pas votre faute Rachel...

— Je ne sais pas... Sans moi, il ne serait jamais venu faire ses études ici et rien de tout ça ne serait arrivé.

— Écoutez, Rachel, intervint Bettina, nous faisons tout notre possible pour retrouver la personne qui a fait ça à votre fils. Nous travaillons d'arrache-pied pour mettre la main dessus, je vous le promets.

Encore des promesses, Véronique détestait ça. Elle la fusilla du regard, comme pour lui dire de se taire. Ne jamais faire de promesses, c'était bien là son leitmotiv. Pas de faux espoirs, mais du tangible, c'était tout ce dont les victimes avaient besoin pour avancer.

Le père, lui, restait muet, les yeux dans le vague, ne sachant visiblement pas comment gérer la situation. Sa femme, qui lui tenait la main fermement, avait oublié de lui traduire quoi que ce soit, alors, il restait là, sans rien dire, avec sa douleur et le spectre de la mort pour seule compagnie.

***

— Matthew Evans, notre première victime retrouvée dans le canal de l'Esplanade... Il avait 19 ans, pompier volontaire à Bristol, sa ville d'origine. Il est venu étudier à Lille dont sa mère était originaire, mais tout ne s'est pas passé comme prévu... On a une photo récente de lui, dit Véronique en distribuant des dizaines de copies à son équipe. Maintenant qu'on connaît son identité, j'aimerais qu'on reprenne tout à zéro, depuis son arrivée au Network jusqu'à sa sortie avec Nicky. Je veux aussi qu'on suive leur trace jusqu'à l'Esplanade. Frappez aux portes, posez des questions aux riverains, aux gens que vous croisez dans la rue, allez rendre visite à ses camarades à Lille 2... Il nous faut recueillir un maximum d'informations sur Matthew mais surtout sur elle. Il a sûrement dû en parler à son entourage et il est très probable que quelqu'un les ait vus tous les deux au Network ou dans la rue.

— Ça sera fait, répond Vidal, en prenant des notes.

— Vidal, je vous laisse vous charger des équipes et de la répartition des tâches.

— Bien, commissaire.

— Autre chose avant de filer ?

— Oui, acquiesça Lignac au fond de la salle.

— Je vous écoute.

— Je vous avais dit que Nicky avait disparu des réseaux sociaux ces derniers jours, eh bien, elle est revenue.

— Quand ? Quand est-elle revenue ?

— Hier soir, à 21 h 46, ajouta-t-il en regardant ses notes.

— Et vous ne me le dites que maintenant ?

— Je ne pensais pas que c'était si urgent...

— C'est extrêmement urgent ! répondit-elle en lui faisant les gros yeux, extrêmement urgent ! Qu'est-ce qui peut bien vous passer par la tête, Lignac ?

Véronique n'avait pas l'habitude de réprimander quelqu'un devant tout le monde mais cette fois, elle ne put s'en empêcher. Elle voyait rouge et Lignac était blanc comme un linge.

— Excusez-moi, commissaire, ça... ça ne se reproduira plus...

— J'y compte bien, rétorqua-t-elle furax. Alors, dites-moi, qu'avez-vous appris hier soir ? Avec qui a-t-elle tchatté ? De quoi a-t-elle parlé ? durant combien de temps ?

— Avec moi... elle a parlé avec moi...

– 21 –

Vers 22 heures, Véronique arriva chez elle, dans son petit appartement, rue Doudin. Elle enleva ses chaussures, et se fit couler un bain dans lequel elle resta immergée près d'une demi-heure. Elle sentait que son corps avait besoin de se relaxer. Ces derniers jours avaient été pour elle une rude épreuve, un véritable calvaire. Les tensions s'étaient accumulées sur ses épaules et elle sentait cette maudite pression sur sa nuque.

Elle plongea la tête en arrière et resta quelques secondes sous l'eau, sans penser à rien. Elle avait juste besoin de se changer les idées, de se vider la tête de toutes ces ombres noires qui l'envahissaient dans son travail, mais pas seulement.

Elle n'avait hélas pas cessé de penser à son père et à ce qu'il avait fait à ces pauvres femmes. Elle sentait comme une pression sur sa poitrine qui l'empêchait de respirer, comme si c'était elle-même qui avait perpétré ces agressions.

Elle se sentait coupable d'avoir un père ignoble, et se reprochait presque d'avoir pensé, enfant, que ce père qu'elle avait effacé de sa mémoire l'aimait certainement. Comment un monstre tel que lui pourrait-il aimer ? Et comment pourrait-elle se sentir chanceuse de cet amour ?

Non, il n'y avait là aucune raison d'y penser, aucune raison de se ronger les ongles pour cet homme qui s'était converti en bourreau.

Et pourtant, elle ne pouvait cesser d'y penser. Si seulement les choses pouvaient être simples parfois, si un seul claquement de doigts suffisait pour oublier ce qu'elle avait vu là-bas, dans la vieille maison de sa mère, tout serait différent.

Mais elle savait bien qu'il lui serait impossible de tourner la page, impossible de penser à autre chose jusqu'à découvrir l'insoutenable vérité. C'est tout ce dont elle avait besoin pour avancer, savoir ce qui s'était réellement passé et quel avait été le rôle de sa mère dans toute cette histoire.

Celle-ci connaissait-elle la vérité ? depuis toujours ? L'avait-elle aidé à échapper à la police ?

Elle se redressa dans la baignoire et resta un long moment immobile, les yeux fixes. Puis, d'un bond, elle sortit de l'eau et se dirigea vers son ordinateur, sans même prendre le temps de se sécher.

Elle tapa alors sur la barre de recherches : *Michel Donely, le violeur du charbon.*

***

Internet regorgeait d'articles à son sujet, de la presse locale mais aussi nationale. Cette affaire avait fait couler beaucoup d'encre apparemment. Un violeur en cavale avec sa femme et sa petite fille, ce n'était vraiment pas commun.

On avait même dépeint sa mère comme une prédatrice, certains affirmaient qu'elle aidait son mari à dénicher les victimes. D'autres, encore plus tordus, en étaient arrivés à conclure que Véronique servait d'appât pour faire monter les jeunes femmes dans la voiture familiale.

Qui pourrait se méfier d'un père de famille, accompagné de sa petite fille sur le siège arrière ? Personne. Véronique en vint à penser qu'elle avait sûrement joué un rôle dans cette terrible histoire, sans même le savoir. Et sa mère dans tout ça ? La presse disait-elle la vérité à son sujet ? Avait-elle vécu toute sa vie auprès d'une femme qu'elle ne connaissait visiblement pas ?

C'en était trop pour elle, toutes ces informations lui donnaient le tournis. Elle avait besoin de faire une pause pour digérer tout ça. Alors elle se dirigea vers la cuisine où elle se prépara un café serré qu'elle but d'une traite. Elle déposa sa tasse dans l'évier et s'aspergea le visage d'eau froide.

Soudain, un souvenir ressurgit de sa mémoire. Comment avait-elle pu oublier ? Elle se rappela un soir où son père l'avait emmenée faire une balade en voiture. Elle jouait à l'arrière avec une poupée pendant qu'une femme montait dans le véhicule. La femme s'était retournée vers elle, tout sourire et lui avait dit, « Je suis Eva, et toi ? »

La voiture s'était arrêtée net, quelques minutes plus tard, à l'entrée d'un bois. Elle se souvint que son père avait fait descendre la jeune femme de force du véhicule, la tirant par le bras d'une main et par les cheveux de l'autre. Elle se souvint tout d'abord des questions posées en rafale, des pourquoi, de l'angoisse ressentie par la victime, de son regard posé sur elle, qui l'implorait de l'aider. Elle se souvint aussi de son père, qui tenait fermement la victime agenouillée sur le bitume, visage contre la porte arrière. Il s'était penché vers elle, lui avait adressé un sourire puis demandé de garder le silence, posant un doigt sur ses lèvres épaisses qui souriaient toujours. Elle se souvint de son regard, de l'excitation qui se lisait dans ses yeux noirs. Et enfin les cris, qu'elle avait entendus au loin, comme le songe d'un enfer sur terre.

Eva. Eva était une auto-stoppeuse, la première victime de son père, retrouvée violée et tabassée dans le bois de Phalempin.

Véronique frotta ses yeux pleins de larmes et reprit ses recherches. Elle avait besoin de savoir, plus que jamais, qui était ce monstre. Était-il encore en vie ? Pourrissait-il dans une prison ?

Elle n'eut pas besoin de chercher longtemps, *Wikipédia* lui fournit cette information en à peine quelques secondes. Son père était bien vivant et se trouvait bien plus près que ce qu'elle avait imaginé.

***

Maison d'arrêt de Sequedin, 9 h 35.

Un grand bâtiment blanc au toit gris se dressait devant Véronique. Cet endroit lui était familier, puisqu'elle y avait fait enfermer bon nombre de malfrats tout au long de ces dernières années. Elle connaissait surtout le directeur, avec qui elle entretenait une relation amicale, ce qui lui permettait d'avoir certains passe-droits lorsque la situation s'avérait nécessaire. Et cette fois, c'était bien le cas. Véronique n'allait pas rendre visite à n'importe quel détenu, elle allait rendre visite à son père, celui qu'elle s'était efforcée d'oublier durant toutes ces années.

— Commissaire De Smet, se présenta-t-elle à l'entrée, munie de sa carte de police. Je viens rendre visite au détenu Michel Donely.

— Raison de la visite ? l'interrogea la gardienne derrière un guichet à l'entrée.

— J'ai quelques questions à lui poser au sujet d'une affaire en cours, mentit-elle.

— Bien, veuillez patienter ici quelques minutes, je vous prie.

Véronique s'installa sur une chaise, les mains moites et le cœur qui accélérait, seconde après seconde. Au bout d'un quart d'heure, un agent pénitentiaire lui fit signe de le suivre. Alors qu'il marchait le long du couloir blanc aux portes jaunes, le son de son trousseau de clés marquait le rythme de ses pas.

— On y est, dit-il en lui indiquant une salle privée sur sa droite.

Murs blancs immaculés, une table et deux chaises, face à face. Et un homme, de dos, pieds et mains menottés.

Elle s'arrêta net, plus du tout sûre de vouloir connaître la vérité. Après tout, elle avait vécu toute sa vie dans l'ignorance, pourquoi ne pas continuer sur la même lancée ?

Alors qu'elle s'apprêtait à revenir sur ses pas, l'homme se retourna vers elle et lui adressa un sourire qui lui donna des frissons dans le dos. Une atmosphère à couper au couteau venait de s'installer dans cette pièce où elle se sentait prisonnière, détenue dans un corps qui vivait grâce à lui, ce monstre qui lui avait donné la vie et qui avait volé celle de tant d'autres.

— Ma fille... dit-il visiblement ému.

— Vous pouvez nous laisser, intima-t-elle à l'agent posté devant l'entrée.

— Comme vous voulez, commissaire, répondit-il en fermant la porte derrière lui.

Véronique prit le dossier de la chaise entre ses doigts et fit grincer les pieds arrière sur le sol stratifié. Elle hésitait, comme pétrifiée devant l'image de ce père qu'elle avait si souvent imaginé.

— Assieds-toi, lui dit-il, je ne vais pas te manger.

Elle obéit et s'installa face à lui, l'observant sans répit, dans le but de comprendre, de discerner le mal qui régnait au fond de l'esprit de cet homme.

— Je suis si heureux de te voir, ma fille, continua-t-il, arborant une nouvelle fois son gigantesque sourire.

— Je... je suis venue te voir pour une simple raison, reprit-elle difficilement.

— Laquelle ?

— Comprendre... Je veux comprendre pourquoi... pourquoi tu as fait ça à ces femmes, pourquoi tu as fait ça à Maman, et à moi... pourquoi ?

— Parce que j'étais malade, ma fille, mais c'est fini maintenant...

— C'est fini maintenant ? Tu veux dire que tu n'as plus ces pulsions qui t'ont poussé à violer et à torturer ces femmes innocentes ? Tu veux dire qu'elles ont disparu du jour au lendemain ? Que si tu étais relâché, tu ne le referais plus ?

— Je... je veux dire que j'ai suivi un traitement ici, qu'on m'a aidé à m'en sortir. Je suis un autre homme maintenant...

— Je n'y crois pas une seconde, lui asséna-t-elle. Un pervers restera toujours un pervers. Quand la branche d'un arbre est pliée, on ne peut plus la remettre droite, disait Grand-mère. Non, jamais...

— Alors, qu'attends-tu de moi, Véronique ?

Elle s'approcha de lui et le fixa dans les yeux.

— Je veux que tu me racontes quel a été le rôle de Maman dans cette histoire, si elle a été une victime comme toutes ces femmes à qui tu as fait du mal ou si au contraire, elle a été ta complice.

— Ta mère... ta mère n'était pas celle que tu crois, ma fille...

– 22 –

— Ta mère a toujours voulu te protéger, elle ne pensait qu'à toi...
— Et c'est pour ça qu'elle est restée avec toi, même en sachant ce que tu faisais ?
— Elle n'en savait rien, elle n'en a jamais rien su, jusqu'au jour où...
— Jusqu'au jour où ?
— Où tu lui as dit que tu connaissais la dame de la télé.
— Qui était cette femme ?
— Ma dernière victime, répondit-il en baissant les yeux. Ta mère t'a demandé comment tu l'avais connue et tu as répondu, « dans la voiture de Papa »...
— Alors elle a compris...
— Oui, acquiesça-t-il de la tête. Elle a tout de suite su que c'était moi le coupable, comme si au fond, elle

sentait que quelque chose ne tournait pas rond chez moi.

— Mais alors pourquoi on est partis tous les trois en vacances dans le sud de la France ?

— Elle m'a tendu un piège, ma fille...

— Comment ça ?

— C'est elle qui a prévenu la police. C'est elle qui m'a balancé aux flics... mais je ne lui en veux pas, non. Non, bien au contraire. Je sais qu'elle a fait ça pour te protéger, elle ne voulait que ton bien. Et puis, elle savait que j'avais besoin d'aide. Elle a fait ce qu'elle devait faire, crois-moi...

Véronique respira profondément de soulagement et reprit :

— Tu lui faisais du mal aussi à Maman ?

— Je... c'est possible... je ne sais pas...

— Merci, lui dit-elle.

— Pourquoi ça ?

— Parce que tu m'as dit la vérité et j'avais besoin de l'entendre. J'avais besoin de savoir si Maman était ta complice.

— Tu vois bien que non, insista-t-il en se rapprochant d'elle.

Véronique eut un mouvement de recul sur sa chaise et se leva d'un bond.

— Tu reviendras me voir ? l'implora-t-il.

— Je ne pense pas, non, répondit-elle en abandonnant la salle.

***

— Bettina, j'ai besoin de toi, lança-t-elle à sa coéquipière à la porte de son bureau.

— Dis-moi, je t'écoute.

— Eh bien, reprit-elle visiblement gênée, j'aimerais qu'on retourne voir la médium...

— Ah oui ? demanda-t-elle, un sourire jusqu'aux oreilles, avec plaisir ! Quand voudrais-tu y aller ?

— Tout de suite.

— Bien, je prends mon manteau et on y va.

— Écoute, lui dit Véronique une fois installée dans la voiture, je sais que tu vas me prendre pour une folle mais il s'est passé tellement de choses ces derniers temps que j'ai besoin d'un avis extérieur. J'ai vraiment l'impression de piétiner. Si cette Marta peut nous aider à avancer dans l'enquête, ça ne sera pas de refus...

— Bien sûr, ne t'en fais pas, je suis mal placée pour te juger. Tu sais bien que j'ai fait appel à elle durant un moment difficile de ma vie...

— Oui, même si tu ne m'as pas dit pourquoi...

— Un jour, je te raconterai, quand je serai prête.

— Je comprends.

Alors que Bettina garait la voiture sur le parking de la place de Mouscron, Véronique se précipita à l'extérieur du véhicule et se mit à vomir derrière un buisson.

— Ça va ? lui demanda Bettina.

— Oui, excuse-moi, sûrement quelque chose que j'ai mangé...

Elles sonnèrent à la porte de Marta et cette fois, ce fut une autre femme qui leur répondit.

— Oui ? demanda la voix derrière la porte entrouverte.

— Nous venons voir Marta, lança Véronique.

— Vous aviez rendez-vous ?

— Non, mais...

— Attendez ici, je vous prie.

La voix referma la porte et les laissa plantées toutes les deux sous la pluie. Au bout de trois minutes, elle réapparut et les laissa entrer, en les dirigeant vers la salle d'attente.

— Marta a besoin de se ressourcer quelques instants, elle vient d'avoir une session assez intense, fit-elle en désignant du menton une dame aux cheveux gris, sortant de la consultation.

La dame, un mouchoir sur le nez, semblait toute retournée par ce qu'elle avait dû entendre. Véronique avait une envie folle de lui demander ce qui s'était passé à l'intérieur. Défaut professionnel ou simple curiosité, cette femme avait attiré son attention.

Puis la voix de Marta se fit entendre :

— Venez, je vous prie.

Bettina et Véronique obéirent et entrèrent toutes les deux dans cet espace confiné qu'elles connaissaient bien.

— Dites-moi ce que je peux faire pour vous, commença Marta, en battant les cartes de tarot.

— J'ai besoin d'une session un peu spéciale, intervint Véronique. J'ai eu une semaine assez mouvementée et j'ai vraiment besoin de votre aide, pour remettre mes idées en ordre.

Marta initia le même rituel que la fois précédente. Une bougie blanche pour chasser les mauvaises ondes, et son jeu de tarot. Elle tira alors la première carte, puis la deuxième, et ainsi de suite jusqu'à en dévoiler cinq.

— Véronique, dit-elle, je sais que cette dernière semaine a été très éprouvante pour vous. Vous avez découvert une zone d'ombre de votre passé qui ne vous a pas plu du tout. Je vois beaucoup de ressentiment dans les cartes mais aussi beaucoup d'amour pour une personne en particulier. Elle a été votre pilier, même si elle n'est plus là maintenant, vous savez que vous avez toujours pu compter sur elle...

— ... ma mère, la coupa-t-elle.

— Oui. Mais ce n'est pas tout, les cartes me montrent la présence d'une autre femme qui a été très importante pour vous. Cette femme a joué un grand rôle dans votre histoire, elle vous a aussi donné beaucoup d'amour mais vous a fait beaucoup souffrir également. Cette femme a créé un blocage en vous, elle vous empêche d'avancer, de faire confiance à nouveau.

— Oui, mais c'est du passé maintenant. Je dois regarder vers l'avenir...

— Elle ne fait pas partie de votre passé, Véronique, pas encore. Les cartes me disent qu'elle est liée à votre affaire actuelle. Elle détient des informations capitales pour votre enquête. C'est la clé de votre investigation.

— Mais qu'est-ce que vous racontez, s'insurgea Véronique, quel rapport aurait-elle avec notre affaire ?

— Ça, c'est à vous de le découvrir, termina Marta en rassemblant son jeu, signe que la session était terminée.

***

— Qui est cette femme dont parlait Marta ? demanda Bettina à sa coéquipière.

— Élise... Élise Louvage. C'était ma psy et surtout, ma meilleure amie...

— Et que s'est-il passé avec elle ?

— Une terrible histoire, dit-elle en ouvrant la portière de la voiture. Elle m'a menée en bateau dans une affaire criminelle. Nous avions mis la main sur un présumé coupable, qui en fait ne l'était pas...

— Et pourquoi a-t-elle fait ça ?

— Parce que c'était elle, la coupable.

— Quoi ? Quelle horreur ! Raconte-moi... si tu veux bien sûr...

— Elle assassinait des jeunes filles pour les aider à retrouver leur « pureté ».

Elle mima les guillemets avec deux doigts de chaque main et poursuivit :

— Elle a vécu une enfance plutôt difficile, c'est ce qui l'a poussée à commettre ces crimes.

— Et maintenant, où est-elle ?

— Lors du procès, ils ont estimé qu'elle n'était pas responsable de ses actes. Elle a joué la carte de l'irresponsabilité pénale pour troubles mentaux. En l'occurrence, bipolarité et névrose traumatique pour elle... Et donc, elle n'est pas en prison mais en hôpital psychiatrique où elle se fait soigner depuis quatre ans.

— Ici, à Lille ?

— Oui, à l'hôpital Michel Fontan.

— Et que penses-tu faire ? Tu comptes aller la voir comme te l'a conseillé Marta ?

— Je dois y penser... Je ne sais pas si j'aurai la force de me retrouver face à elle. Je crois que je ne suis pas prête, dit-elle en mettant le moteur en marche.

— Tu trouveras la force, Véronique, crois-moi, répliqua Bettina en serrant sa main dans la sienne.

— Tu as peut-être raison, lui sourit-elle. Il est temps de faire face à mes vieux démons... Et peut-être comme l'a dit Marta, oui, peut-être qu'elle pourra réellement nous mettre sur une piste.

— J'en suis convaincue, répondit Bettina d'un air enjoué.

− 23 −

— Lignac, dans mon bureau, cria Véronique à travers la porte de la salle informatique.

— Tout de suite, commissaire.

Alors que Véronique et Bettina s'installaient, on apporta des cafés et les déposa sur le bureau. Lignac fit son entrée quelques secondes plus tard et s'assit devant elles.

— Bien. Lignac, reprit Véronique, qu'avez-vous à nous dire sur votre conversation avec Nicky ?

— J'ai parlé avec elle hier, durant quelques minutes à peine, dit-il en regardant ses notes. Une conversation triviale en somme...

— Une première prise de contact ? l'interrogea Bettina.

— Oui, c'est ça.

— Quelles questions vous a-t-elle posées ? demanda Véronique.

— Elle voulait savoir comment j'étais physiquement, bien entendu, je me suis décrit plus ou moins comme les deux victimes, blond et grand.

— Bien. Autre chose ?

— Oui, elle a voulu connaître mon métier.

— Et ? Que lui avez-vous dit ?

— Vu son adoration pour les uniformes, je lui ai dit que j'étais infirmier.

— Vous a-t-elle parlé d'elle, de ce qu'elle aime, de l'endroit où elle vit ?

— Non. Nicky est une personne très réservée. Elle n'a pas dit grand-chose sur elle, juste ce qu'on sait déjà. Brune aux cheveux longs.

— On connaît la couleur de ses yeux ?

— Oui, dit-il en se plongeant dans ses notes une nouvelle fois. Elle m'a dit qu'elle avait les yeux bleus.

— OK. Ça nous donne une info supplémentaire, c'est déjà ça... Vous avez prévu de vous rencontrer physiquement ?

— Pas encore. J'y travaille...

— Ne perdez pas de temps, Lignac, nous n'en avons pas, termina Véronique.

Lignac comprit qu'il pouvait disposer, il sortit du bureau sans demander son reste et referma la porte derrière lui.

Vers 21 heures, Véronique arriva chez elle, exténuée, comme si elle venait de faire un marathon. Les idées s'entrechoquaient. Son père, l'affaire, et maintenant Élise...

Elle n'avait franchement pas la tête à dormir, alors, elle s'allongea sur le canapé et alluma la télé. Elle n'arrêtait pas de zapper, dans le but de trouver une chaîne qui pourrait l'intéresser, en vain.

Elle avait besoin de penser, besoin de réfléchir à ce que lui avait dit Marta. D'ailleurs, si elle faisait le bilan, la médium ne lui avait jamais menti jusqu'à maintenant. Il n'y avait aucune raison pour que ce soit le cas avec Élise. Elle décida donc, dans l'obscurité agitée de ses pensées, d'aller rendre visite à Élise à l'hôpital, le lendemain matin.

***

Nicky venait de se réveiller, une fois de plus, au beau milieu de la nuit. Elle était en nage malgré un froid automnal et ressentit un besoin immédiat de s'asperger le visage d'eau fraîche.

Alors qu'elle se frottait la figure avec une serviette miteuse, elle entendit un bruit. Comme une voix d'outre-tombe. Elle savait bien que l'endroit où elle vivait n'était pas digne d'un palace, et elle connaissait bien le voisinage, même si elle ne le fréquentait pas le moins du monde.

Le plus souvent, il s'agissait de gens du voyage, qui allaient et venaient. Elle avait à peine le temps de s'habituer à leurs visages, qu'ils disparaissaient déjà sur les routes, pour de nouvelles aventures. C'était simple, l'endroit où elle habitait avait été surnommé « Les caravanes de la misère », ça voulait tout dire...

Il y avait une centaine de gosses qui vivaient dans la rue, débraillés, qui n'allaient pas à l'école et qui étaient rusés comme des renards.

Ces gamins lui fichaient la trouille. Ils avaient dans le regard quelque chose de différent, quelque chose qui disait « Je n'ai pas peur de toi ni de personne d'ailleurs. » Elle, elle les appelait les intouchables. Parce qu'ils l'étaient pour elle. Non pas qu'elle n'eût pas envie de les étrangler plusieurs fois, lorsqu'ils se mettaient à courir autour de sa caravane et qu'ils jouaient au ballon, mais à chaque fois qu'elle ouvrait la porte pour râler, ils se mettaient tous en file devant elle et la fixaient du regard, sans jamais baisser les yeux.

Des yeux sombres et profonds, comme un puits sans fond.

Et puis il y avait les voisins de longue date, ceux qui semblaient l'épier, ceux qui venaient aux nouvelles, ceux qui se demandaient ce qu'elle pouvait bien faire là, dans un endroit qui ne lui correspondait pas.

Le bruit n'avait pas cessé un instant et se faisait chaque fois plus intense. *Boum boum boum*, ça tapait dans sa tête. Alors, elle s'allongea sur le sol de son salon et s'y installa en position fœtale. Elle caressa le vieux tapis du bout des doigts et prononça doucement, comme une étrange berceuse : « Chuuttt, rendors-toi, je suis là... »

***

Vers 3 heures du matin, alors qu'elle essayait toujours de trouver le sommeil, Nicky perdit patience, se leva, attrapa son PC et se connecta à LovR. Elle se mit à faire défiler les profils qu'elle trouvait inintéressants. Aucun de ces jeunes hommes n'était parvenu à éveiller sa curiosité, pas même celui qui posait avec un chat sur sa photo de profil et encore moins celui qui prenait une pose de *bodybuilder*.

Il y en avait bien qui lui plaisait, un jeune homme avec qui elle avait parlé quelques jours auparavant. Il semblait s'accorder parfaitement à ce qu'elle désirait. Elle fureta dans son profil, à la recherche d'informations sur lui. Mais, à son grand regret, il n'y avait pas grand-chose. Une seule photo, quelques détails sans importance sur ses goûts, son âge et sa profession.

Rien de plus.

Ludovic, il s'appelait. Elle pensait déjà à lui reparler. Il était temps de prévoir un rendez-vous, rien que tous les deux. Elle ouvrit sa session de messagerie instantanée et fixa des yeux sa corde de jute, posée sur la table du salon, soigneusement enroulée. La même corde que son père utilisait pour l'entraver, lors de ses visites nocturnes. Les amis de son père, présents dans ces moments-là, prenaient toujours soin de l'encourager à bien serrer les liens. « Serre, serre bien fort, qu'elle ne puisse pas s'échapper cette petite garce ! » C'est grâce à eux qu'elle avait appris à bien faire les nœuds. À force d'être la victime, elle avait décidé qu'il était temps pour elle de devenir le bourreau.

De l'autre côté de la ville, Lignac, alias Ludovic, les lunettes vissées sur le nez, se préparait à répondre à celle qui prévoyait déjà sa mort.

– 24 –

Véronique s'approchait timidement de l'hôpital Michel Fontan à Lille, sous une pluie battante. Elle n'avait pas pensé à prendre un parapluie, alors, à peine sortie de sa voiture, elle finit complètement trempée, de la tête aux pieds. Ses cheveux dégoulinaient déjà sur son visage, rougi par le froid matinal.

La nuit était parvenue à lui porter conseil, c'était le moins que l'on puisse dire, et elle avait décidé que finalement, il serait peut-être bon pour elle de revoir Élise.

Il était vrai qu'elles ne s'étaient pas revues depuis le procès. À aucun moment, elles n'avaient eu l'occasion d'avoir une réelle conversation au sujet de ce qui s'était passé, sur la raison pour laquelle Élise avait assassiné ces jeunes filles.

Véronique avait bien sa petite idée, mais elle aurait aimé l'entendre de la bouche de celle qui fut sa meilleure amie, dans ce qui lui semblait, aujourd'hui, une autre vie.

Elle ouvrit difficilement la lourde porte d'entrée de l'établissement, aux couleurs sobres et épurées, puis s'approcha de l'accueil et se présenta. Elle savait que visiter des patients jugés pour meurtres n'était pas vraiment commun et qu'il serait certainement difficile de convaincre les médecins de la laisser passer, surtout sans les avoir prévenus.

Mais, à son grand étonnement, il en fut tout autrement. La réceptionniste qui venait juste de raccrocher le combiné lui adressa un sourire approbateur. Elle lui fit signer un document dans lequel elle acceptait d'être filmée pour des raisons de sécurité, durant son entretien avec la recluse.

— Tout est en ordre, lui dit la jolie brune. Jacques se chargera de vous accompagner.

Véronique la remercia d'un hochement de tête. Elle se fit accompagner par Jacques, un infirmier d'une quarantaine d'années au visage joufflu, vers une salle au bout du couloir. Il lui demanda gentiment de patienter et referma la porte derrière elle.

L'attente se fit longue, très longue. Au bout de quarante minutes, elle commençait vraiment à s'impatienter et prit la décision de s'en aller.

C'est alors qu'elle vit apparaître Élise, vêtue d'un ensemble pantalon bleu ciel, le regard apaisé et la mine tiraillée.

Véronique sentit un bourdonnement dans ses oreilles et ses mains commencèrent à devenir moites. Elle se demanda alors ce qu'elle fichait là, assise devant celle qui l'avait trahie. Ses yeux ballottaient d'un point à un autre, pour éviter son regard. Elle avait peur de replonger. Peur d'avoir pitié d'elle. Peur de lui pardonner.

Alors, dans un moment de doute extrême, elle finit par se lever, prit son sac et son manteau, bien résolue à l'abandonner, là, à son triste sort.

Elle se dirigeait d'un pas ferme vers la porte, quand une main agrippa la manche de son pull, la freinant dans sa course.

— Assieds-toi.

Et Véronique, comme une enfant, obéit sans broncher.

**

— Ça me fait vraiment plaisir, commença Élise, en avançant ses mains vers Véronique, je ne m'attendais pas à te revoir...

— Ce n'est pas de gaieté de cœur, crois-moi, marmonna Véronique entre ses dents.

— Je suppose que si tu es là, c'est parce que tu as des questions à me poser ?

— Tu supposes bien...

— Écoute, Véro...

— Véronique, s'il te plaît.

— Véronique, excuse-moi. Je sais que je t'ai fait énormément de mal et je le regrette, du fond du cœur. Je ne voulais pas que tu sois mêlée à tout ça... Ça n'a rien à voir avec toi, tu le sais...

— Ah non ? Pourtant je crois me rappeler que j'étais en charge de l'enquête pour laquelle tu as été inculpée... ou je me trompe ?

— Je sais que tu m'en veux, et c'est ton droit. Mais j'avais mes raisons, comprends-moi...

— Te comprendre ? Mais tu es complètement folle ! Comprendre que tu sois une meurtrière d'enfants ? C'est ça que je dois comprendre et accepter ?

— Ce n'est pas comme ça que je le vois, Véronique, tu le sais bien... si j'ai fait ça, c'est parce que je voulais les aider...

— Ah ! Tu les as vachement aidées, ces pauvres filles...

Élise avait vraiment l'air affectée par le dédain avec lequel Véronique la regardait. Elle sentait bien qu'elle avait perdu sa meilleure amie le jour où elle avait fait le choix de passer de l'autre côté de la barrière.

Peut-être avait-elle raison, peut-être aurait-elle dû se confier, lui raconter ce qui n'allait pas chez elle. Au lieu de ça, elle avait préféré agir dans son coin et la trahir...

Il était loin le temps où les beaux cheveux blonds d'Élise retombaient délicatement sur ses épaules, où son rouge à lèvres reposait sur sa jolie bouche. Assise en face de Véronique, elle semblait s'être figée en une scène d'horreur, dans laquelle son visage était resté pétrifié.

Plus rien ne ressemblait à la Élise d'avant. Elle s'était envolée, disparue à jamais.

***

— Écoute, Élise, je ne vais pas y aller par quatre chemins. Si je suis venue te voir, c'est parce que j'ai besoin d'aide.

— Sur une affaire ?

— Oui.

— Dis-moi, je t'écoute.

— Je ne sais pas si tu vas pouvoir m'aider, je ne sais même pas ce que je fiche ici en fait...

— Alors pourquoi es-tu venue ?

— À cause de cette satanée médium...

— Une médium ?

— Oui, elle s'appelle Marta. C'est elle qui m'a dit de venir te voir. Elle pense que tu as des informations sur mon enquête en cours, que tu pourras m'aider à y voir plus clair...

— Et c'est quoi, cette affaire ?

— Une affaire de meurtres. On a retrouvé deux jeunes hommes assassinés et on pense que la coupable est une femme... une femme qui les attire sur Internet, leur donne rendez-vous, pour ensuite passer à l'action...

— Je vois... et qu'est-ce qui vous fait penser qu'il s'agit d'une femme ?

— On a des conversations sur Internet avec les victimes, des témoins, des vidéos de caméra-surveillance...

— Alors vous savez qui elle est ?

— Non, pas vraiment... on ne voit jamais bien son visage. Tout ce qu'on sait c'est qu'elle est brune aux

cheveux longs, qu'elle dit avoir les yeux bleus et qu'elle s'appelle Nicky...
— Nicky ?
— Oui, pourquoi ?
— Parce que je connais une Nicky...

– 25 –

— Comment ça, tu connais une Nicky ? C'est un prénom qui n'est pourtant pas commun...

— C'est un diminutif, son prénom, si c'est elle dont il s'agit, c'est Nicole.

— La description que je t'ai donnée peut correspondre à celle que tu connais ?

— Oui, acquiesça Élise d'un hochement de tête.

— Une ancienne patiente ?

— On peut dire ça comme ça... répondit-elle en repoussant une poussière imaginaire sur la table.

— Explique, tu veux !

— Je l'ai connue sur Internet.

— Ben voyons ! Je ne sais pas pourquoi, mais ça ne m'étonne pas le moins du monde... Qu'est-ce que tu sais d'elle ?

— Elle avait besoin d'aide, Véro... Véronique, pardon.

— Besoin d'aide comme tes victimes ?

— Arrête...

— OK. Je veux bien t'écouter, ça va, je me tais, dit-elle en levant les mains comme pour jurer. Ça a commencé quand ?

— En 2010.

— Quel mois ?

— Décembre.

— OK. Raconte-m'en plus sur elle.

— Elle n'a pas eu une vie facile, tu sais... Sa mère est morte d'un cancer. Alors, c'est son père qui s'en est occupé. Enfin... si on peut dire ça...

— Pourquoi ?

— Parce qu'il abusait d'elle. Son père et aussi son frère.

— Merde ! Pauvre gosse... Elle t'a tout déballé comme ça sur Internet ?

— Non, au début elle me disait que son père ne faisait pas attention à elle, qu'elle se sentait seule. Elle essayait de couvrir ce qu'il lui faisait. Mais j'ai tout de suite su, en la voyant, qu'elle mentait...

— En la voyant ?

— Oui, je l'ai rencontrée.

— Combien de fois ?

— Une seule fois.

***

— Tu as gardé contact avec elle ? l'interrogea Véronique.

Élise baissa la tête, ne sachant pas trop quoi répondre. Mais son envie de l'aider sembla surpasser sa crainte de trahir Nicky.

— Oui, répondit-elle timidement.

— Elle vient te rendre visite ?

— Non, pas de visites, mais des lettres.

— Des lettres ? Tu les as gardées ?

— Oui, je les ai toutes, dans ma chambre.

— Bien, on va aller les chercher, tout de suite. Infirmier ! hurla-t-elle à Jacques, resté dehors.

— Un problème ?

— Non, non, pas du tout, répondit Véronique. J'ai juste besoin d'aller jeter un œil à sa chambre. On peut y aller ?

— Oui, suivez-moi.

La chambre d'Élise se trouvait au milieu du couloir, collée au bureau principal des infirmiers. À l'intérieur, le vide absolu. Un lit, une table de chevet où reposait un livre de Hermann Hesse, *Le loup des steppes*, une armoire avec quatre vêtements à l'intérieur tout au plus, et un paquet de lettres enfermé dans une boîte à chaussures.

— C'est tout ce que j'ai, dit-elle en s'adressant à Véronique.

— Votre correspondance depuis tout ce temps ?

— À peu près, oui.

— Bien, merci beaucoup, Élise. Je dois te laisser, j'ai du travail qui m'attend.

— Ça m'a fait très plaisir de te revoir...

Véronique lui lança un dernier regard sur le pas de la porte, hocha la tête d'un geste approbateur et s'en alla, comme elle était venue.

***

Plus d'une trentaine de cartes éparpillées sur le sol de son salon... Véronique tentait de les organiser au mieux. Les plus anciennes d'abord, pour avoir une vision claire de la teneur de leur relation. Puis, les dernières, qui remontaient tout au plus à trois mois, juste avant le meurtre de Thomas.

Elle était tellement pressée de lire la dernière, pour savoir si un indice sur ses projets de meurtre y était glissé... mais elle se fit violence et commença par la première.

Les premières lettres étaient assez anodines. Nicky racontait comment elle se sentait face à la situation qu'elle était en train de vivre chez elle. Elle lui disait qu'elle aimerait la revoir car elle semblait être la seule à la comprendre... puis on en arrivait à des lettres emplies de colère envers son père et son frère.

À partir de la huitième carte, Nicky se mit à raconter ce qu'ils lui faisaient subir jour après jour, comme si elle avait vécu ce jour-là un épisode tellement traumatisant qu'elle ne pouvait s'empêcher de le raconter.

Les autres cartes allaient crescendo dans la douleur et la souffrance. Les détails étaient chaque fois plus durs, chaque fois plus sordides. La larme à l'œil, Véronique tentait de garder son sang-froid, face à ces mots qui hantaient déjà son esprit. *Pauvre gosse*, pensa-t-elle. Malgré tout ce qu'elle avait fait, Nicky lui inspirait de la pitié.

Elle n'avait vraisemblablement pas eu de chance dans la vie et elle se vengeait. Des innocents payaient les pots cassés de ses malheurs d'enfant.

Une lettre relatait sa fuite, lorsqu'elle avait abandonné le domicile familial. Elle racontait comment elle avait vécu dans la rue quelque temps, jusqu'à ce qu'elle rencontre Manu, celui qui lui avait « offert » un toit.

Elle ne le disait pas explicitement dans sa lettre, mais on savait bien à quel prix... Véronique, elle, avait parfaitement compris et elle en grinça des dents.

Spirale infernale.

Une autre lettre indiquait qu'elle avait trouvé un stage dans un hôpital, comme préparatrice en pharmacie. À la façon dont elle en parlait, on pouvait en déduire que ça lui plaisait. Même si elle ne mentionnait pas le nom de l'hôpital, il ne serait pas difficile de le retrouver. Véronique en était persuadée, c'était là qu'il fallait creuser. C'était même la première chose qu'elle comptait faire.

– 26 –

À 8 heures du matin, Véronique traversa le hall d'entrée du commissariat de Lille. Elle se dirigea directement vers le bureau de Bettina, qui l'attendait déjà, devant une tasse de café.

— Tu en veux ? lui demanda-t-elle.

— Oui, je veux bien merci. Un américain, s'il te plaît.

Bettina se dirigea vers la porte entrouverte et réclama un café à la secrétaire de Véronique qui ne tarda pas plus de trois minutes à l'apporter.

— Tu ne vas pas en croire tes oreilles, commença Véronique en buvant une gorgée.

— Dis-moi, je t'écoute...

— Marta avait raison ! Ça me tue de le reconnaître, mais elle avait foutrement raison !

— Ah oui ? Raconte-moi ! Je veux tout savoir, dit-elle en écarquillant les yeux, impatiente.

— Eh bien, j'ai fini par aller voir Élise, à l'hôpital. Et tu sais quoi ?

— Non, mais tu vas me le dire...

— Elle connaît Nicky ! Elle connaît Nicky, bordel ! C'est fou quand même !

— Mince alors, c'est incroyable ! Et qu'est-ce qu'elle t'a raconté sur elle ?

— Elle m'en a très peu dit. Elle m'a juste expliqué d'où elle venait, ses problèmes familiaux...

— Quels problèmes ?

— Sa mère est morte d'un cancer, et elle n'avait plus que son père et son frère qui ont tous les deux abusé d'elle...

— Pauvre gamine...

— Oui, je ne te le fais pas dire. Mais attends, j'ai autre chose à te dire, ou plutôt à te montrer. Regarde, dit-elle en sortant une pile de lettres de son sac à main.

— Qu'est-ce que c'est, tout ça ?

— C'est la correspondance entre Élise et Nicky. Elles s'écrivent depuis des années ! Et je peux te dire qu'on en apprend des choses sur elle !

— Comme quoi ? demanda-t-elle surexcitée.

— Comme sa profession, par exemple. Elle est en stage comme préparatrice en pharmacie, dans un hôpital.

— Tu sais lequel ?

— Non, pas encore, mais j'ai demandé à Vidal de faire des recherches dans tous les hôpitaux de la région. On finira bien par la trouver, j'en suis sûre, tenta-t-elle de se convaincre.

Au même instant, Vidal apparut dans le bureau de Bettina.

— Je vous cherchais, commissaire, dit-il en s'adressant à Véronique.

— Du nouveau ?

— Oui. Nous avons appelé une dizaine d'hôpitaux et je pense que nous avons réussi à mettre la main sur elle.

— Comment ça ? s'impatienta-t-elle.

— Il semblerait qu'elle travaille à la maternité Paul Gellé à Roubaix. On a parlé avec le directeur du centre hospitalier et il nous a confirmé qu'il y avait bien une Nicole, stagiaire en pharmacie.

— Bon boulot, Vidal ! dit-elle en lui tapant sur l'épaule. Bettina, prends ton manteau, on y va.

Quand elles arrivèrent sur le parking de la maternité, une brume intense s'installa et fit revenir la pluie. Les fines gouttes dansaient au gré du vent qui soufflait à intervalle régulier. Véronique et Bettina coururent toutes les deux se réfugier à l'intérieur de l'établissement, surexcitées à l'idée d'être si près du but.

— Commissaire De Smet et inspectrice Rosco, nous aimerions discuter avec la responsable du service pharmacie.

— Oui, bien sûr. Prenez l'ascenseur sur votre droite et dirigez-vous au troisième étage, sur votre gauche. Je la préviens de votre arrivée, ajouta la standardiste en décrochant le téléphone.

— Vous savez si sa stagiaire, Nicole, est présente aujourd'hui ?

— Aucune idée, répondit-elle, le combiné collé à l'oreille. Mireille ? Oui, c'est Annabelle de la réception, je voulais juste te prévenir que deux personnes de la police vont monter te voir, elles ont des questions à te poser. Bien, ça sera fait.

Véronique et Bettina montèrent avec une certaine appréhension. Peut-être même de la peur, qui sait. Peur d'être déçues, peur de s'être trompées.

— Mireille, se présenta une dame aux cheveux courts, en quoi puis-je vous être utile ?

— Nous cherchons des informations sur votre stagiaire, amorça Bettina.

— Nicole ?

— Oui.

— C'est une bonne fille mais pas très souriante... je lui ai déjà dit plusieurs fois. Elle n'a pas l'air très heureuse... À son âge, elle devrait être pleine de vie ! Au lieu de ça, elle a toujours cet air triste sur le visage...

— Quel âge a-t-elle ? demanda Véronique.

— Dix-neuf ans, je crois. Oui c'est ça, dix-neuf ans.

— Pourriez-vous nous la décrire rapidement ?

— Oui, bien sûr. Elle est brune aux cheveux longs, pas très soignés d'ailleurs... elle a les yeux bleus, elle est mince, de taille moyenne.

— Bien, souffla Véronique en regardant sa coéquipière. Il semble bien que ce soit elle.

— Mais, pourquoi la cherchez-vous ? se préoccupa Mireille.

— Nous avons des questions à lui poser, sur une enquête criminelle.

— Une enquête criminelle ? Vous me faites peur... Elle n'a pas d'ennuis, j'espère ?

— Non, non, pas du tout, tenta de la rassurer Bettina. Nous avons juste quelques questions à lui poser et il faudrait que nous lui parlions, au plus vite.

— Malheureusement, je suis désolée de vous dire ça, mais ça fait deux jours qu'elle ne vient pas travailler.

— Elle vous a donné une raison à son absence ?

— Oui, elle m'a appelée pour me prévenir. Une urgence familiale apparemment... et comme c'est une bonne petite, je ne lui en ai pas tenu rigueur. Je lui ai dit de prendre le temps qu'il lui faudrait pour solutionner son problème.

Bettina et Véronique se regardèrent, désespérées, pensant qu'elles l'avaient certainement déjà perdue.

— Vous avez son adresse ? lui demanda Véronique, dans une dernière tentative.

— Oui, mais enfin... vous comprenez... je n'ai pas le droit de vous la donner... je dois respecter son intimité...

— Si vous ne nous la communiquez pas, vous seriez en train de faire obstruction à la justice dans une enquête criminelle... passible d'un an d'emprisonnement, rusa-t-elle, ce n'est pas ce que vous voulez, n'est-ce pas ?

— Non, non, bien sûr que non. Attendez une minute, je vous prie.

Elle entra dans un petit bureau dont les parois étaient en verre et se mit à tapoter sur les touches d'un ordinateur. Mireille revint deux minutes plus tard, un post-it à la main.

— Voilà, dit-elle en s'adressant à Véronique, c'est l'adresse qui apparaît sur son dossier.

— Très bien, merci beaucoup.

**

Véronique se plaça devant l'entrée de la caravane et frappa deux coups. Elle attendit une réponse durant quelques secondes puis répéta l'opération. Personne.

Elles firent alors le tour de la maison de fortune et tentèrent de regarder par les minuscules fenêtres, dans l'espoir d'apercevoir celle qu'elles recherchaient.

Rien. Le néant.

Soudain, une voisine s'approcha des deux femmes et leur demanda ce qu'elles voulaient. Véronique prit la parole et se présenta. Curieusement, la femme rabougrie ne semblait pas étonnée de les voir.

— Je savais bien que ça finirait par arriver, balança-t-elle d'un rire sournois.

— Quoi donc ?

— Une visite des flics chez elle.

— Pourquoi dites-vous ça ?

— Parce qu'elle n'est pas nette, cette fille. Déjà, elle n'a rien à faire ici, elle ne fait pas partie de notre communauté.

— Comment pouvez-vous en être sûre ?

— Elle est pâle comme un linge ! Chez nous, on n'a pas cette couleur de peau maladive, et puis on sait bien comment elle est arrivée ici... si vous voyez ce que je veux dire...

— Non, expliquez-vous.

— C'est Manu qui l'a ramenée. Il lui faisait payer la location en nature... et puis du jour au lendemain, pouf ! il a disparu, comme volatilisé ! Je lui ai bien demandé, à elle, où il était ce pauvre Manu, et elle n'a pas su me répondre. Elle a pris un air de pleurnicheuse, comme s'il lui manquait ! Quelle fausse, celle-là ! Et puis elle m'a claqué la porte au nez.

— Vous savez où elle se trouve en ce moment ?

— Pas du tout. Ça fait deux ou trois jours que je ne la vois plus. Elle a dû trouver un autre pigeon à plumer...

— Bien, merci pour votre aide, dit Bettina.

— Vous voulez entrer ? leur demanda-t-elle en chuchotant.

— On aurait aimé, oui.

La femme au chignon noir jeta un œil autour d'elle pour vérifier que personne ne la surveillait et continua :

— C'est votre jour de chance, sourit-elle à pleine bouche, j'ai la clé !

Elle sortit un trousseau, attaché autour de son cou grassouillet, bien à l'abri entre ses seins. Puis elle se dirigea tout droit vers la porte et en une seconde à peine, la caravane était ouverte.

— Allez-y, leur dit-elle, faites ce que vous avez à faire et revenez me voir quand vous aurez fini. Je viendrai fermer la porte, on ne sait jamais... des fois que Manu décide de revenir...

Véronique et Bettina échangèrent un regard furtif et entrèrent sans mandat, malgré les possibles conséquences sur la procédure.

***

À l'intérieur, un ramassis d'ordures était accumulé dans l'évier. Des assiettes sales empilées sur la minuscule table du salon étaient recouvertes de mouches, qui semblaient danser autour des détritus.

Le reste n'était pas mieux, un foutoir complet. Seuls les draps posés sur le lit, au fond de la caravane, paraissaient propres. Véronique et Bettina passèrent les lieux au peigne fin. Elles tentèrent par tous les moyens de découvrir un indice qui pourrait les mettre sur une piste, afin de découvrir l'endroit où la jeune femme se trouvait depuis au moins deux jours.

Alors que Véronique fouillait méticuleusement le meuble télé, elle découvrit un rouleau de corde de jute, bien entamé.

— T'as vu ça ? lança-t-elle à Bettina.

Elle s'avançait vers elle en toute hâte pour le lui montrer de près, lorsqu'elle trébucha sur le tapis du salon. Un vieux tapis effiloché qui puait l'humidité. Alors qu'elle était en train de se relever, elle découvrit quelque chose qui attira son attention. Elle balaya d'une main le reste du tapis surélevé et découvrit une trappe, assez grande pour qu'on puisse y entrer.

— Bettina, chuchota-t-elle, viens voir...

— Qu'est-ce que... mon Dieu ! dit-elle en plaçant une main devant sa bouche.

Bettina n'eut même pas le temps de continuer que Véronique ouvrait déjà la trappe. Un escalier de fortune y était installé, plongé dans une obscurité malsaine.

— Je vais chercher la lampe-torche, répliqua Bettina, j'arrive !

Elle revint une minute plus tard, à bout de souffle, et tendit la lampe-torche à Véronique.

— On descend, lança cette dernière.

Quatre marches qui les envoyaient en enfer. En bas, une odeur de putréfaction mélangée à celle d'excréments envahissait leurs narines.

— C'est quoi cette odeur horrible ?

— Je ne sais pas, répondit Bettina, mais ça n'est pas un bon présage sur ce qui nous attend…

Elles avancèrent encore quelques pas, la manche du pull sur les narines, pour éviter au maximum cette odeur pestilentielle. C'est alors que Véronique buta contre quelque chose de dur sur sa droite. Elle s'arrêta net et y dirigea le faisceau de lumière.

— Merde ! lança-t-elle, les yeux exorbités, c'est quoi ces conneries ?

Sous la faible lumière de la lampe-torche se dessina le reflet d'une cage métallique, grandeur nature, où un homme était recroquevillé à quatre pattes, attaché au cou par une chaîne épaisse. Il tentait désespérément de s'approcher d'elles, autant que la longueur restreinte de sa chaîne le lui permettait, et se mit à articuler difficilement :

— Aidez-moi… aidez-moi…

– 27 –

L'homme semblait être dans un état de décomposition avancée, comme un mort-vivant. On ressentait la souffrance qu'il avait dû vivre, à travers son regard, devenu vide et inhumain.

On aurait dit une bête, une bête humaine, réduite au néant. Qu'avait-il bien pu faire à Nicky pour qu'elle lui fasse endurer de telles souffrances ?

Des plaies recouvraient tout son corps nu, meurtri par les coups, par les brûlures répétées et par les privations qui l'avaient laissé dans un état de maigreur morbide.

Sa détention ne datait certainement pas d'hier ; on pouvait le voir, le sentir et le toucher, sans aucune difficulté.

— Qui êtes-vous ? l'interrogea Véronique, encore sous le choc. Manu ?

— Non, nia-t-il de la tête, pas Manu. Mickael.
— Mickael ?
— Le frère de Nicky...

Véronique resta bouche bée devant cette révélation qu'elle n'attendait vraisemblablement pas. Elle reprit sa respiration, devant cet être qui lui avait tant répugné en lisant les lettres de Nicky, et tenta de rester objective, au vu de la situation critique dans laquelle il était embourbé.

— Bettina, tu veux bien appeler du renfort ? Et une ambulance, s'il te plaît.
— Oui, bien sûr, dit-elle en montant les marches des escaliers dans le but de récupérer du réseau.
— Depuis quand êtes-vous là, Mickael ?
— Je ne sais pas exactement... cinq ou six mois, je crois...
— Comment avez-vous atterri ici ?
— Je l'ai croisée dans un bar, je lui ai dit que Papa était mort, il était fort malade, vous savez, dit-il en tentant de se redresser. Alors elle m'a proposé de prendre un verre à sa santé, j'ai accepté et...
— Vous vous êtes réveillé ici...
— C'est ça, affirma-t-il.
— Vous ne vous souvenez de rien ?
— Absolument rien.
— Très bien, l'ambulance ne va pas tarder, on va s'occuper de vous, dit-elle sans réelle envie de le faire.
— Merci...

***

Quelques heures plus tard, Véronique et Bettina allèrent rendre visite à Mickael à l'hôpital. Pour garder un semblant d'intimité, éviter les commérages et les fuites en tout genre, on l'avait placé dans un service spécial, à l'abri des regards indiscrets.

Alors qu'elles s'apprêtaient à entrer dans la chambre, le médecin en sortit, visiblement affecté.

— Bonjour, docteur, dit Bettina en avançant sa main droite vers lui, inspectrice Rosco et commissaire De Smet.

— Bonjour, mesdames.

— Que pouvez-vous nous dire sur l'état de santé de Mickael ? continua Bettina.

— Ce n'est pas joli, joli...

— Mais encore ? s'impatienta Véronique.

Le médecin, visiblement offusqué par le comportement de la commissaire, reprit :

— Mais encore ? En vingt-cinq ans de carrière, je n'ai jamais vu un cas pareil... Alors, si je m'en tiens à ma liste, longue d'une page comme vous pouvez le voir, vous comprendrez immédiatement l'étendue des dégâts... traumatisme crânien, brûlures multiples sur tout le corps, marques de chaîne incrustée dans la gorge, ongles arrachés violemment, membre reproducteur entaillé, marques de coups de ceinture avec la sangle, déshydratation avancée, traces de sodomies répétées, avec un objet pointu... je continue ?

— Quelle horreur, lança Bettina, prête à vomir.

— Ça sera suffisant, merci pour votre temps, docteur.

— Je vous en prie, répondit-il en s'en allant.

Véronique et Bettina restèrent devant la porte de la chambre dans laquelle se trouvait Mickael. Il avait l'air si faible à ce moment-là qu'il semblait improbable qu'il puisse avoir fait toutes ces choses à Nicky.

Comment cet homme maintenant si fragile avait-il pu violer et frapper à sa guise, durant toutes ces années ? Non, vraiment, Véronique n'arrivait pas à y croire, et encore moins Bettina qui ressentait de la pitié en l'observant derrière la vitre. Et si Nicky mentait, simplement pour justifier ses crimes ?

— Vidal ? fit Véronique, surprise, en voyant son collègue débouler. Que faites-vous ici ?

— On m'a dit que vous seriez là, dit-il visiblement essoufflé. J'ai... j'ai une nouvelle information sur la première victime.

— Thomas ?

— Oui, c'est ça. Un témoin les a vus dans la rue, Nicky et lui, en sortant du Network, la nuit du 18 septembre, ajouta-t-il. Le témoin affirme qu'ils avaient l'air éméchés, surtout Thomas. Il ne marchait pas droit et s'appuyait sur elle pour faire un pas devant l'autre.

— Il devait déjà être sous l'effet de la drogue...

— J'en ai bien peur, Bettina... Qu'est-ce qu'on a d'autre, Vidal ?

— Ce même témoin affirme que Nicky était habillée plutôt sexy, voire provocante, ce sont ses mots. Elle portait une minirobe noire, un petit sac de la même couleur et marchait pieds nus dans la rue.

— Pieds nus ?

— Oui, elle tenait ses sandales dans la main.
— OK. Autre chose ?
— Nous avons reparlé avec les serveurs et les videurs du Network, mais malheureusement, personne ne se souvient d'elle. Elle n'a pas l'air d'être une habituée...
— Bien. Merci, Vidal.
— Pas de quoi.

***

— Tu es magnifique ce soir... dit-il en l'embrassant.
— Tu n'es pas mal non plus, tu sais...
— Assieds-toi, l'invita-t-il en tirant sa chaise.
— Merci, lui sourit-elle.
— Comment s'est passée ta journée ? Non, pardon, je rembobine, je préfère ne pas savoir... Comment tu te sens, toi ?
— Un peu fatiguée ces derniers jours, mais en ta compagnie, ça va toujours mieux... répondit-elle en lui adressant un baiser langoureux.
— Écoute, Véro, j'avais pensé qu'une fois ton enquête bouclée, on pourrait partir quelques jours, ou un week-end si tu préfères, pour changer un peu d'air... qu'en penses-tu ?
— Que c'est une très bonne idée... je rêve de passer des heures dans un lit avec toi...
— Et moi donc... mais on ne fera pas QUE ça. On ira se balader, découvrir de nouveaux endroits... on se prélassera sur un transat en regardant le soleil se coucher...
— Tu comptes m'emmener où ? sur une île paradisiaque ?

— Pourquoi pas...
— On pourra faire un coucou à Dani !
— À Dani ?
— Oui, il est à Bali en ce moment, ça fait rêver hein ?
— Si ça te fait rêver, alors ça sera Bali, adjugé vendu !

Ils se mirent à rire durant de longues minutes, profitant de l'instant présent. Véronique ne s'était pas sentie aussi bien depuis si longtemps qu'elle savourait chaque seconde passée à ses côtés.

Elle comprenait au fil du temps que rien n'était le fruit du hasard. Si elle n'avait pas eu à se charger de cette enquête, elle ne l'aurait certainement jamais croisé. Et elle aurait sûrement perdu la chance d'être aimée et d'aimer à nouveau.

Elle se sentait tellement bien dans ses bras, en sécurité. Avec lui, elle pouvait enfin relâcher la pression. Elle pouvait être la femme fragile qui dormait au fond d'elle et se laisser dorloter. Elle adorait se réveiller contre lui, respirant l'odeur de sa peau. Et ses baisers, tendres et passionnés à la fois. Véronique était heureuse, et elle n'était pas prête à lâcher ce bonheur tant attendu.

Alors que Véronique dormait paisiblement dans les bras de Julien, Bettina, elle, vivait un véritable enfer. Une nuit de disputes et d'insultes l'avait exténuée. Elle ne se sentait plus capable de gérer cette situation dans laquelle elle était devenue la victime de son mari, jour après jour, nuit après nuit.

Une lame de rasoir dans la main droite, installée nue dans sa grande baignoire vide, Bettina s'apprêtait à commettre l'irréparable.

PARTIE IV :

FEMMES DE NUIT

– 28 –

Lille, 12 août 2016.

— Redresse-toi, gueula-t-elle.

— Je... je ne peux pas... j'ai mal... j'ai mal partout...

— Lève-toi, je t'ai dit ! Tout de suite !

La sangle de la ceinture calée dans sa main droite, Nicky inspirait la crainte. Et son frère le savait, ses menaces n'étaient pas à prendre à la légère.

— Tu m'aimes, Mickael ? Dis-moi que tu m'aimes, lui demanda-t-elle alors qu'il peinait à se relever.

— Je... je t'aime, murmura-t-il.

— Plus fort ! hurla-t-elle en claquant la sangle sur ses côtes, plus fort !

— Je t'aime ! cracha-t-il en faisant un effort surhumain pour ne pas crier sa douleur.

— Tu vois quand tu veux, sourit-elle d'un air satisfait. Tiens, mange !

Mickael se lança à quatre pattes sur le Tupperware en plastique que venait de lui lancer sa sœur. Ça n'avait rien d'appétissant mais il s'en contenterait, la faim ne faisait pas de manière. Même cette bouillie infâme lui paraissait être un mets digne d'un restaurant 3 étoiles dans ces conditions.

Nicky resta plantée là, quelques minutes, le regardant manger avec les mains, accroupi comme un animal. Elle semblait jouir de cette vue qui apaisait et guérissait sa douleur intérieure. La lampe-torche braquée sur lui, elle ne perdait aucune miette de cet instant magique.

Ce qu'elle souhaitait, c'était lui faire payer ce qu'il lui avait fait endurer durant toutes ces années. Elle aurait tant aimé avoir une vie facile, une famille normale... mais rien n'était normal dans sa famille, et encore moins chez elle.

Elle avait planifié ce moment depuis tellement longtemps... C'était d'ailleurs l'une des raisons pour lesquelles elle avait accepté de venir vivre dans ce taudis. Lorsqu'elle avait rencontré Manu, il lui avait parlé de cette caravane et de la trappe secrète qu'elle contenait.

Lui l'utilisait pour ses magouilles ; elle, elle avait une autre idée en tête. Elle en était sûre, elle en ferait bon usage. Il fallait juste qu'elle trouve le bon moment pour agir.

Alors, un soir de mai, après avoir suivi son frère jusqu'à un bar de Solférino, elle était passée à l'action. Ses talents de comédienne avaient eu raison de Mickael.

Pathétique, avait-elle pensé. Il s'imaginait sérieusement qu'elle avait tout oublié ?

Elle l'avait fait boire à la santé de leur père récemment décédé et avait déposé le Rohypnol dans son verre. Il n'y avait vu que du feu. Une heure plus tard, il était cuit. Il était monté dans la voiture que Nicky avait conduite jusqu'à la caravane. Là, elle avait réussi à le sortir du véhicule. Il était somnolent mais pouvait encore marcher. Il bredouillait des choses incompréhensibles. Elle n'y avait prêté aucune attention.

Tout ce qu'elle voulait, c'était l'envoyer en enfer.

***

Ensuite, il avait fallu s'occuper de Manu. Elle savait bien que ce jour-là arriverait d'une manière ou d'une autre. Ce porc devait payer, lui aussi.

Il avait bien profité d'elle, à la baiser comme une chienne. Et tout ça pour quoi ? Pour avoir le privilège de dormir dans ce taudis ? Non, non. Lui non plus n'était pas un saint. Lui aussi en avait fait sa chose, depuis le premier soir où elle avait dormi dans cet endroit infect.

Et puis, il ne lésinait pas sur les demandes particulières... non, ça serait trop facile. À quoi bon une vieille bonne position du missionnaire lorsqu'il pouvait avoir plus, beaucoup plus...

Comme une poupée gonflable, il la prenait dans tous les sens, et elle, habituée à ce genre d'affaires, ne bronchait jamais. Il puait la bière et suait à outrance.

Elle savait au moins une chose qui la réconfortait : ce gros porc était un éjaculateur précoce, voilà qui faisait toute la différence. Pas comme son père et son frère qui pouvaient la retenir pendant des heures entières...

Elle savait qu'elle ne supporterait pas longtemps cette situation. Elle attendait juste le bon moment pour passer à l'action, une fois de plus.

Puis le jour J était arrivé. Parfois, ce sont les choses de la vie qui prennent le dessus sur le temps.

Un soir, Manu était entré dans la caravane sans prévenir, comme il le faisait souvent. Il avait entendu des bruits provenant d'en bas, des cris et la voix de Nicky. Comme la trappe était ouverte et la curiosité, son plus grand défaut, il était descendu jeter un œil.

C'est là qu'il avait découvert Nicky, debout devant une cage métallique à laquelle était enchaîné Mickael, par le cou.

« C'est quoi ce bordel ? » avait-il hurlé à Nicky.

Elle, un marteau à la main, s'était retournée d'un geste brusque en entendant sa voix, comme sortie soudainement de sa bulle. Manu n'avait pas eu le temps d'entendre la réponse.

Il était petit Manu, cela avait certainement joué en sa défaveur.

La terre du sol s'était rapidement transformée en boue écarlate. Mickael, depuis sa cage, avait poussé un cri d'horreur.

Puis le silence était revenu. Nicky avait souri, placé ses deux mains sur les hanches et dit : « Ça devait arriver. Tôt ou tard, ça devait arriver... »

Elle avait monté les escaliers et était redescendue vingt minutes après, une bâche dans la main et une pelle dans l'autre. « Ne sois pas triste Mickael, tu vas avoir de la compagnie... »

Et elle avait planté sa pelle, de toutes ses forces, dans le sol terreux.

***

Avec Mickael, c'était différent. Bien loin l'idée de le voir mort, elle, ce qu'elle voulait, c'était le voir souffrir et crever, à petit feu.

Tous les soirs, en rentrant de son travail, elle jubilait à l'idée de le retrouver. Lâcher toute sa frustration sur lui, l'utiliser comme exutoire. Même si, à son plus grand étonnement, son expérience avec Manu avait définitivement éveillé des choses en elle. Des choses qu'elle n'avait jamais soupçonnées jusqu'à maintenant.

Une envie de faire payer tout ce qu'elle avait vécu. Et pas seulement à Mickael, non. Cela allait bien au-delà. Elle en voulait à tous ces hommes qui se croyaient supérieurs, à tous ces hommes en uniforme, comme son père.

Lui, il était gendarme, depuis toujours, de père en fils. Et ce qui le faisait bander par-dessus tout, c'était de voir sa petite fille de 8 ans, accoutrée de sa casquette de gendarme vissée sur la tête, de sa chemise qui lui arrivait jusqu'aux genoux et de sa cravate au nœud bien serré.

Il la faisait danser, comme une traînée dans un bar d'autoroute. Et elle, bien sûr, devait s'y plier. Sa mère n'était plus là pour veiller sur elle. C'était désormais lui qui avait le pouvoir.

Quelle ne fut pas sa déception lorsqu'elle apprit par la bouche de son frère qu'il était mort, des suites d'une longue maladie dégénérative. Sûr qu'il ne pouvait même plus bander, le salaud.

Elle aurait tellement aimé être là pour le voir souffrir, pour voir pourrir ses organes... C'était bien là son seul regret, celui de ne pas l'avoir vu crever de ses propres yeux.

Mais elle se vengerait d'une autre manière. En commençant par Mickael. Elle finirait par lui extirper les yeux et les couilles, c'est tout ce qu'il méritait. Puis, elle le laisserait se vider de son sang, jusqu'à ce qu'il en crève.

Oh que oui, sa vengeance serait belle. Mais elle devait la savourer pleinement, alors elle prendrait le temps qu'il faut pour la mettre à exécution.

Patience... Tout vient à point à qui sait attendre...

− 29 −

Au petit matin, une lumière blanchâtre traversa la minuscule fenêtre de la salle de bains. Bettina avait les yeux grands ouverts, et le teint blafard. Elle n'avait pas réussi à fermer l'œil de la nuit, pensant à ce qui l'attendait pour le restant de ses jours.

La lame de rasoir dans la main droite, son bras pendant sur le rebord de la baignoire, elle resta quelques minutes de plus à envisager le pire. De toute façon, qui la pleurerait si elle venait à disparaître ? Pas son mari, pour elle, c'était clair.

Elle le voyait bien dans son regard qu'il la détestait et que chaque jour qui passait, il nourrissait cette haine à base d'insultes, de culpabilité et de rancœur. Elle savait qu'il n'avait pas tout à fait tort, et c'est bien ça qui la blessait au plus profond de son âme.

Elle aurait aimé penser que tout ce qu'il disait était faux, se conforter dans l'idée que l'accident lui avait fait perdre la tête. Mais non, sa tête, il l'avait bel et bien. C'était l'usage de ses jambes qu'il avait perdu.

C'était il y a deux ans, un soir de novembre. Il avait gelé cette nuit-là, son mari avait trop bu, Bettina un peu moins. Alors ils avaient décidé d'un commun accord que ça serait elle qui conduirait.

— Tu es sûre ? lui demanda-t-il, tu es sûre que tu peux conduire ?

— Bien sûr ! Je n'ai bu que deux ou trois verres, ne t'inquiète pas, tout ira bien, lui dit-elle en jetant un œil à son rétroviseur.

— Il dort ?

— Comme un bébé, assura-t-elle. Ne t'inquiète pas, je te dis, tout ira bien.

Elle alluma le moteur et prit la route sous une pluie froide et épaisse. Elle roulait tranquillement depuis près de trente-cinq minutes lorsqu'elle songea à dépasser un camion sur la nationale. Elle était sûre qu'elle aurait le temps de se rabattre avant qu'une voiture n'arrive en face, elle avait bien calculé les distances. Un jeu d'enfant.

La fatigue prit le dessus, alors, pour gagner du temps, pour rentrer plus vite à la maison, elle décida de chevaucher la ligne continue.

Elle jeta un œil vers son mari qui cuvait sur le siège passager, et regarda une fois de plus dans le rétroviseur. Elle sourit à la vue des deux amours de sa vie et accéléra. Fort. Encore plus fort.

Soudain, une étrange obscurité envahit l'asphalte verglacé. La faible lumière des phares donnait un air sépulcral à la scène dans laquelle les véhicules venaient de plonger. Véronique sortit la première de sa voiture retournée. Elle se hissa du mieux qu'elle put à travers la fenêtre brisée. Elle entendit alors les gémissements de son mari, qui se convertirent en cris atroces de douleur.

— Mes jambes ! hurlait-il, mes jambes ! Je ne peux plus les bouger !

Elle voulait l'aider, elle en crevait d'envie, mais son instinct de mère lui disait qu'elle devait d'abord s'occuper de son fils, visiblement sonné sur le siège arrière de la voiture. Elle s'approcha de lui, l'appela, doucement d'abord puis elle cria.

Mais rien. Le néant. Il ne répondit pas à ses appels ni à ses lamentations. Il semblait submergé par une flaque de sang, qui s'étendait chaque fois plus, au fil des secondes qui passaient.

Enzo avait 8 ans. Ce soir-là, Bettina perdit son enfant, l'amour de son mari et fit une victime collatérale. Trois vies. Elle avait bousillé trois vies, sans compter la sienne, détruite à jamais.

Cette fois, elle en était sûre, elle devait en finir. Elle ferma les yeux et approcha la lame vers son poignet, bien décidée à aller jusqu'au bout. Elle pouvait percevoir le gonflement de ses veines contre l'objet tranchant et ressentait une certaine satisfaction à se sentir en vie, avant de se donner la mort. C'est tout ce qu'elle méritait, elle en était persuadée. Elle s'apprêtait à passer à l'acte, plus décidée que jamais, lorsqu'elle entendit la voix de son mari de l'autre côté de la porte.

— Betty ! Betty, gueulait-il, aide-moi à me relever.

Et dans un moment aliéné où elle perdit pied, elle se leva, laissa tomber la lame sur le sol carrelé de la salle de bains et se dirigea, telle une automate, vers le lit où son mari l'attendait, la mine renfrognée.

— T'en as mis du temps, lâcha-t-il bien énervé. Qu'est-ce que tu foutais encore ?

**

— Tu as appelé ton cousin, lui demanda-t-elle en l'aidant à se relever du lit.

— Lequel ?

— Nicolas.

— Oui, hier après-midi, comme tous les jeudis... Il m'a parlé des avancements de votre affaire. Enfin, avancements... si on peut dire ça... parce que ça n'a pas avancé d'un poil apparemment, rit-il sèchement.

— Tu n'en sais rien, alors... alors tais-toi, s'il te plaît.

— Je sais ce que m'a dit Nicolas, et d'après lui, l'enquête piétine. Faudrait peut-être que tu changes de partenaire ou alors, vous changer toutes les deux, se moqua-t-il une fois de plus.

— Qu'est-ce que tu peux être con quand tu veux, murmura-t-elle.

— Pardon ? enragea-t-il, qu'est-ce que tu viens de dire ?

— Rien du tout.

— Bien, je préfère ça, répondit-il en faisant tourner les roues de son fauteuil vers le salon. Et le petit-déjeuner, c'est pour quand ?

Bettina était en train de bouillir de l'intérieur, elle n'avait qu'une envie, c'était de l'envoyer balader. De le laisser planter là, sans jamais se retourner. Mais elle savait qu'elle serait incapable de le faire, la seule manière de se séparer de lui, c'était que l'un des deux disparaisse.

La mort, seule, serait son salut.

Le Glock 18 calé entre les mains, Bettina avança d'un pas lent mais ferme vers son mari, installé dos à elle. Il était absorbé par la télé, le son de l'émission *Quoi de neuf ?* semblait transporter la scène dans un monde parallèle.

Bettina ne semblait plus maîtresse de ses actes, elle marchait dans la pièce, dans un seul et unique but, en finir une bonne fois pour toutes. Lorsqu'elle arriva juste derrière lui, elle s'en approcha tellement qu'il finit par se retourner, sentant son souffle sur ses épaules dénudées.

L'effroi se lut sur son visage, la peur l'envahit soudainement, conscient que sa femme était entrée dans un état second. Mais, au lieu de la calmer, de crier ou de l'empêcher de commettre l'irréparable, il la poussa à agir.

— Allez ! Tue-moi ! Tue-moi comme tu l'as fait avec notre fils, tue-moi, je te dis !

Bettina ferma les yeux et poussa un cri effroyable. Un bruit sourd résonna dans la pièce et soudain, tout redevint calme et silencieux.

***

Il était près de 17 heures lorsque Véronique sonna à la porte de sa coéquipière. Elle avait tenté toute la journée de la joindre, sans succès. Elle avait alors pris sa voiture pour se rendre à son domicile.

À vrai dire, elle avait un mauvais pressentiment, comme si elle savait au fond d'elle que quelque chose d'horrible s'était produit. Elle connaissait Bettina depuis très peu de temps, mais elle savait que c'était une bonne professionnelle, sur qui elle pouvait compter.

Non, manquer à l'appel, ça ne lui ressemblait vraiment pas, surtout après les avancées des derniers jours sur l'enquête en cours. Il avait dû se passer quelque chose, elle en était sûre.

Elle appuya sur la sonnette, mais personne ne répondit. Pourtant, les persiennes ouvertes laissaient apparaître de la lumière qui provenait du salon. Elle s'approcha alors de la fenêtre et tenta de voir ce qui se passait à l'intérieur. Sur la droite, elle perçut la télévision allumée, sur la gauche, quelqu'un semblait assis sur un fauteuil roulant, la tête retombant sur le côté.

Tout cela lui semblait de plus en plus bizarre, alors, sans réfléchir plus longtemps, elle donna un coup de coude sec contre la vitre qui éclata en mille morceaux. Elle ouvrit la fenêtre et pénétra à l'intérieur du domicile, qui semblait figé dans le temps.

L'arme à la main, elle marchait avec précaution. Elle s'avança vers le fauteuil roulant, annonça son arrivée à la silhouette qui semblait somnoler. Mais rien, personne ne lui répondit.

Elle fit alors le tour et fut aux premières loges pour découvrir l'horreur de la scène.

L'homme gisait, mort visiblement d'une balle dans la tête, encastré dans son fauteuil roulant. Les yeux semblaient être sortis de leurs orbites, comme s'il les avait maintenus ouverts alors que la mort était à ses trousses.

Elle prit son téléphone portable et composa le numéro de la police puis celui d'une ambulance. Elle avait besoin de renfort, au plus vite.

Ce n'est que quelques minutes plus tard, lorsqu'elle entendit les sirènes des véhicules qu'elle attendait, qu'elle découvrit Bettina, recroquevillée dans un coin des escaliers, une arme coincée entre les mains.

Elle semblait en état de choc, pétrifiée.

Véronique tenta de lui parler, de la faire sortir de cet état de torpeur dans lequel elle s'était figée. Mais Bettina, le visage et les mains ensanglantés, continuait de se balancer sur elle-même, le regard fixe.

- 30 -

— Pouvez-vous m'expliquer ce qui s'est passé, Rosco ? lui demanda son supérieur.

Bettina était installée dans une salle d'interrogatoire du commissariat de Tournai. Les mains en sang, elle tremblait comme une feuille, le regard creux.

— Rosco ?

Bettina ne répondait pas. Incapable de dire un mot à celui qui l'interrogeait, elle se mit à marmonner entre ses dents. Pensant qu'elle essayait de lui dire quelque chose, il s'approcha d'elle, dans l'espoir de pouvoir déchiffrer ce qu'elle disait. Mais, contre toute attente, elle lui flanqua une gifle qui résonna dans toute la pièce.

Puis, comme si rien ne s'était passé, elle reprit l'observation imaginaire d'un point fixe sur le mur et se remit à marmonner entre ses dents. On aurait dit une folle, dans un hôpital psychiatrique.

Véronique et le commissaire divisionnaire de Lille étaient de l'autre côté de la vitre sans tain. Elle, se rongeant les ongles jusqu'au sang et lui, la pipe au bec.

— On sort fumer ? demanda-t-il à Véronique.

— Oui, acquiesça-t-elle de la tête.

— Vous saviez ce qui était en train de se passer ? Chez Bettina, je veux dire.

— Non. Pas du tout. Elle ne me disait jamais rien sur sa vie privée. Je sais... enfin, je me doutais que quelque chose n'allait pas, mais je n'ai jamais osé lui demander.

— Moi non plus, dit-il en tirant une taffe de sa pipe. Et pourtant, si on l'avait fait, on aurait pu éviter ce drame...

— Vous la connaissez bien, Bettina ?

— Son mari surtout. C'était mon cousin...

— Je... je suis désolée... Ne vous inquiétez pas, ajouta-t-elle, je suis sûre qu'il y a une explication à toute cette histoire. Je suis sûre que Bettina n'y est pour rien... Elle serait incapable de faire du mal à une mouche, alors, encore moins à son mari...

— Vous ne la connaissez pas, De Smet. Du mal, elle en a déjà fait.

— Comment ça ?

— C'est elle qui conduisait lorsque son fils est mort et que mon cousin a perdu l'usage de ses jambes...

— Mais ce n'était qu'un accident, renchérit-elle, cette fois, il s'agit d'un meurtre.

Au bout d'une heure, Bettina se décida enfin à parler. Elle raconta ce qui s'était passé ce matin-là, y compris sa tentative de suicide. Puis elle parla des insultes à répétition et du sentiment de culpabilité qui l'accompagnait nuit et jour. Alors oui, elle reconnut qu'elle voulait en finir, qu'elle voulait le tuer.

Elle était prête à le faire, l'arme de service à la main. Elle s'était avancée vers son fauteuil roulant, le Glock 18 pointé vers lui, décidée à passer à l'acte. Elle avait fermé les yeux pour tirer, sans avoir à se confronter à ce visage qu'elle avait tant aimé embrasser. Et c'est à ce moment-là qu'il lui avait dérobé l'arme à feu et s'était lui-même tiré une balle dans la tête.

Il avait eu le courage de le faire, lui. Même ça, il lui avait volé.

Son histoire pouvait paraître incongrue et pourtant, Véronique avait l'intime conviction qu'elle disait la vérité. À la fin de son interrogatoire, elle l'attendit à la sortie et, contre toute attente, la prit dans ses bras pour la réconforter.

Ensuite, Bettina jeta un œil vers Nicolas qui préféra détourner le regard, et deux policiers l'accompagnèrent dans une cellule, où elle s'installa sans broncher.

***

Le soir venu, Véronique retrouva Julien, chez lui. Il avait pris soin de préparer un dîner aux chandelles, histoire de lui faire oublier la mauvaise journée qu'elle venait de passer.

— Assieds-toi, lui dit-il en écartant sa chaise, j'espère que le dîner te plaira.

— J'en suis sûre, j'en avais besoin, tu sais...

— Je sais bien, répondit-il en lui déposant un baiser sur le front. Tu as faim, j'espère ?

— Je meurs de faim ! Je n'ai pas mangé de la journée !

— Parfait, deux petites minutes et on pourra commencer.

Les heures défilèrent dans une ambiance des plus romantiques. Véronique tenta par tous les moyens de mettre ses soucis de côté et de profiter au maximum de cette soirée en compagnie de l'homme pour qui des sentiments sincères commençaient à voir le jour.

Elle s'était juré de ne plus commettre les mêmes erreurs qu'avec Bernier.

Rester ferme, cacher ses sentiments, jouer la dure, à quoi bon ? Elle l'avait perdu de toute façon. Alors, elle était bien décidée à s'ouvrir à Julien, à profiter de l'instant présent. Elle devait laisser ses peurs de côté, comme le lui avait conseillé le docteur Garcia. Les écrire sur un bout de papier et les brûler, pour les faire disparaître à jamais. Et c'est ce qu'elle avait fait.

Pendant qu'il l'embrassait sur le canapé, Véronique sentit pour la première fois depuis très longtemps qu'elle pouvait être heureuse. Elle savait qu'elle était en train de jouer avec le feu, car le perdre lui aussi l'achèverait sûrement, mais elle était prête à prendre le risque.

Elle se leva doucement et s'agenouilla devant lui. Elle déboutonna son jean et le regarda dans les yeux, une fraction de seconde. Elle savait ce qu'elle allait faire, elle en mourait d'envie. Son regard pénétrant servait juste à lui faire passer le message sur ses intentions. Elle prit alors son sexe dans sa bouche, jouant avec sa langue sans répit et lui, dans l'excitation du moment, posa sa main sur la tête de celle qui le faisait vibrer, l'aidant à explorer les moindres recoins de son anatomie.

Quelques minutes plus tard, alors qu'il la pénétrait, un « Je t'aime » s'échappa de sa bouche. Il la regarda, confus, ne sachant pas s'il venait de commettre une terrible erreur, ou au contraire, si cela marquerait une nouvelle étape dans leur relation.

Elle se figea juste une seconde, le temps d'emmagasiner ce qu'elle venait d'entendre. Puis, elle lui sourit, l'embrassa fougueusement et lui glissa à l'oreille un tendre « moi aussi ».

L'impact de ces mots semblait avoir eu un tel effet sur eux que les deux amants se laissèrent complètement aller. Entre rires et plaisir sexuel, ils finirent par jouir, collés l'un contre l'autre.

***

Le lendemain matin, Véronique se dirigea seule vers l'hôpital où Mickael se faisait soigner. Elle avait quelques questions à lui poser. Il était clair qu'il était temps de passer à la vitesse supérieure. Elle comprenait bien l'avis des médecins et la nécessité que le patient avait de se reposer. Mais, près de trente-six heures venaient de s'écouler et du temps, elle n'en avait pas plus à lui accorder.

Elle se dirigea directement vers sa chambre, sans passer par la case médecin. Un agent de police était posté sur une chaise, elle le salua et entra dans la pièce, où régnait toujours une odeur de soins hospitaliers.

Mickael semblait dormir à poings fermés ; elle s'approcha de lui et tenta de le réveiller. Il ouvrit difficilement les yeux et se redressa sur son lit.

— Bonjour, Mickael, le salua Véronique.

— Bonjour... que faites-vous ici ?

— J'ai quelques questions à vous poser.

— À quel sujet ? demanda-t-il préoccupé.

— Ne vous inquiétez pas, votre passé, je le connais déjà et ce n'est pas vraiment le moment d'en parler, on a tout le temps pour ça... Et même si vous me donnez la gerbe, vous et votre père, pour ce que vous avez fait subir à Nicky, ce n'est pas la raison pour laquelle je suis là.

— Je...

— Pas la peine, le coupa-t-elle, je n'ai pas besoin d'en savoir plus sur le sujet, pour le moment. Contentez-vous de répondre à mes questions, s'il vous plaît.

— Bien.

— Première question, depuis quand n'avez-vous pas revu Nicky ?

— Avant d'être ici, à l'hôpital, ça devait faire au moins deux ou trois jours.

— Bien, dit-elle en prenant des notes sur son carnet.

Et pourquoi vous a-t-elle abandonné là ? sans vous tuer, je veux dire ?

— Elle... elle a cru que j'étais mort...

— Comment ça ?

— Ça faisait des jours qu'elle me laissait crever de faim et de soif, comme si elle voulait se débarrasser de moi de la manière la plus cruelle possible. Elle a taillé mes parties génitales et m'a laissé me vider de mon sang. Le jour où elle est partie, elle est venue me voir pour s'assurer que j'étais mort. Elle s'est approchée de moi, brandissant sa lampe-torche sur mon visage. Moi, je n'ai pas bougé, pas d'un poil. Alors elle a pris un seau d'eau gelée et me l'a balancé sur tout le corps. Ça m'a fait l'effet d'un électrochoc mais je n'ai pas bronché non plus. J'ai gardé les yeux fermés, sans faire aucun mouvement. Elle m'a laissé parce qu'elle me croyait mort, répéta-t-il en sanglotant.

— Elle avait l'habitude de vous raconter ce qu'elle comptait faire ?

— Non, pas vraiment...

— Comment ça, pas vraiment ?

— Eh bien, il lui est déjà arrivé de me dire qu'elle avait rendez-vous avec un mec rencontré sur Internet et que lui aussi allait payer.

— Payer quoi ?

— Payer ce que tous les hommes lui avaient fait endurer.

— Elle vous a donné des noms ?

— Non, jamais, sauf le dernier.

— Le dernier ?
— Oui, elle comptait le voir, ces jours-ci, je suppose.
— Son nom ?
— Je ne m'en souviens plus... c'est difficile de m'en rappeler, surtout dans l'état dans lequel j'étais...
— Faites marcher vos méninges, s'il vous plaît, s'impatienta-t-elle.
— Laurent, je crois... ou peut-être bien que c'était Ludovic, quelque chose comme ça... Ludovic, oui c'est ça.
— Ludovic ? vous en êtes sûr ?
— À 100 %, affirma-t-il.
— Bien, merci pour votre aide, je repasserai vous voir bientôt. Ne partez surtout pas de l'hôpital sans mon consentement. Nous avons une conversation en attente, Mickael, n'oubliez pas.

- 31 -

— De Smet, dans mon bureau, ordonna le commissaire divisionnaire.

La pipe éteinte à la bouche et le front plissé, Nicolas Vanderstraeten semblait préoccupé.

— Asseyez-vous. J'ai des nouvelles de Bettina. Elle est sortie d'affaire, lâcha-t-il, sans même lever la tête de ses dossiers.

— Comment ça ? l'interrogea Véronique en quête d'informations, que vous ont-ils raconté ?

— Selon les résultats de la balistique, Bettina n'a pas menti lors de son interrogatoire, c'est bien lui qui a appuyé sur la détente, pas elle.

— C'est donc considéré comme un suicide ?

— Exactement, acquiesça-t-il d'un hochement de tête. Elle devra prendre quelques jours de repos pour s'en remettre... enfin... je ne sais pas si elle s'en remettra un jour, mais ce que vous devez savoir, c'est que vous devrez boucler l'enquête sans elle. Prenez Vidal avec vous, il vous filera un bon coup de main.

— Bien, merci, commissaire divisionnaire.

Alors qu'elle s'apprêtait à sortir du bureau de son supérieur, celui-ci lui réclama une dernière minute d'attention.

— Vous savez, De Smet, au fond de moi, je ne voulais pas qu'elle soit coupable, elle a déjà beaucoup souffert... mais il s'agissait de mon cousin, je devais le faire passer avant elle, j'espère que vous me comprenez...

— Bien sûr, répondit-elle, je vous comprends. Euh... j'ai une question...

— Oui, je vous écoute.

— Je peux aller la voir ?

— Pas pour le moment, elle doit se reposer et prendre son traitement. Elle en a pour un bon mois...

— Bien, merci.

— Merci à vous, De Smet, vous pouvez disposer.

Elle referma délicatement la porte derrière elle, après avoir jeté un dernier coup d'œil vers cet homme qui semblait avoir pris dix ans en à peine quelques heures.

Le prix à payer pour aimer.

— Vidal, dit-elle d'une voix étrangement douce, venez avec moi, s'il vous plaît.

— Bien, commissaire.

Véronique emmena Vidal dans son bureau et le briefa sur les derniers évènements. Elle lui expliqua qu'il serait dorénavant son bras droit sur l'enquête en cours.

— Au fait, vous avez des nouvelles de Lignac ? Il devait m'informer des dernières conversations avec Nicky mais je n'arrive pas à le joindre...

— Moi non plus, en tout cas, pas depuis cet après-midi.

— Cet après-midi ? Et là, il est 21 h 15, dit-elle en regardant l'heure sur son téléphone portable, il devrait être ici, comme prévu. Quelqu'un a essayé de le contacter ?

— Non, pas que je sache... répondit-il en se frottant la tête.

— Merde ! Faut absolument le retrouver, Vidal, j'ai un mauvais pressentiment. Mettez trois hommes là-dessus. N'oubliez pas qu'il était en contact avec notre principal suspect.

— Je sais bien, mais on a eu tellement de travail aujourd'hui qu'on n'a pas eu le temps de penser à Lignac...

— J'espère qu'il ne va pas essayer de jouer au héros... Il va falloir le trouver et vite, insista-t-elle, il est peut-être en danger... Commencez par le chercher chez lui puis vérifiez les bars de Solférino et aussi du Vieux-Lille. Ensuite, envoyez une patrouille sur le bord de l'Esplanade et ratissez tout le quartier.

— Bien, ça sera fait, dit-il en quittant la pièce.

Véronique observa la rue depuis sa fenêtre. Un paysage brumeux venait de s'installer, comme le présage d'un mauvais moment à passer, une fois de plus. Elle se sentait épuisée, physiquement mais surtout moralement.

L'histoire de Bettina lui avait fichu un sacré coup. Même si elle espérait au fond d'elle que Bettina n'y était pour rien, elle n'avait pas pu s'empêcher de sentir ce doute qui la rongeait.

Quel n'avait pas été son soulagement en découvrant que Bettina n'avait pas tiré ! Parce qu'elle le savait, un autre choc d'une telle ampleur aurait pu la faire replonger.

Et maintenant qu'elle était rassurée à son sujet, sûre de son innocence et enfin libérée de ce poids, Lignac disparaissait, sans laisser de trace.

Mille questions se bousculaient dans sa tête. Et s'il lui était arrivé quelque chose de grave ? Elle ne s'en remettrait jamais. Elle savait pertinemment que la seule fautive, c'était elle.

Oui, la seule et unique. Après tout, c'était bien elle qui lui avait fichu la pression. C'était bien elle qui l'avait jeté dans la gueule du loup.

***

— Ludovic ? C'est bien toi ? demanda une voix faussement mielleuse.

— Oui, c'est moi, répondit Lignac, soudainement déstabilisé devant la beauté froide de Nicky.

— Tu m'as menti... continua-t-elle sans perdre son sourire étrange.

— Menti ? Non, pourquoi ?

— Tu n'es pas vraiment comme tu t'es décrit sur le site...

— Oui... je sais... dit-il visiblement gêné. Je pensais que tu ne voudrais pas me rencontrer si je...

— Tu as eu tort, le coupa-t-elle, tu n'es pas mal dans ton genre...

— Qu'est-ce que tu veux boire ? lui demanda-t-il alors qu'elle s'installait à ses côtés.

— Une vodka pomme.

— Bien, alors va pour deux vodkas pomme, dit-il en s'adressant au serveur posté derrière le bar.

Lignac avait tellement imaginé Nicky de la manière la plus cruelle possible qu'il avait du mal à mettre des mots devant celle qu'il voyait. Un monstre, voilà ce qu'il devrait penser de cette jeune femme, qui avait commis ces abominables crimes. Et pourtant, maintenant qu'elle se tenait là en face de lui, elle avait l'air de tout, sauf de ce monstre tant redouté.

Elle avait un visage encore enfantin qu'elle tentait de dissimuler sous une couche épaisse de maquillage, qui la rendait encore plus pâle. Elle avait de grands yeux bleus inexpressifs, de longs cheveux noirs comme le jais et raides comme des baguettes. Elle était menue et de taille moyenne, rien à voir avec le profil commun des tueurs en série.

Elle était un mystère aux yeux de Lignac, un mystère à percer.

Au bout de plusieurs heures ponctuées par quelques verres d'alcool, Nicky lui proposa d'aller dans un endroit plus tranquille, où ils pourraient discuter.

Bien évidemment, elle avait pris soin de déposer dans son verre une pincée de poudre de misère. Elle en était sûre, dans une heure, il ne saurait pratiquement plus mettre un pied devant l'autre. Son plan avait toujours fonctionné.

Elle les droguait, laissait agir durant une bonne trentaine de minutes, puis elle leur proposait d'aller dans un endroit plus tranquille. Le temps d'arriver à l'endroit choisi, l'heure était presque écoulée et l'effet de la drogue, à son paroxysme.

Et c'était là que tout s'accélérait. D'abord, elle leur donnait ce qu'ils désiraient. Une fellation ou une relation poussée, peu importait. Son seul but était de leur faire tout oublier. Nicky était fière de se dire que ça marchait, et plutôt bien. Ses années au service de son père et de son frangin lui avaient au moins servi à ça.

Non, elle n'était pas une bonne à rien comme ils disaient. Elle était bonne, bonne à baiser.

Faire perdre la tête aux hommes, c'était bien là tout un art qu'elle maniait à la perfection.

Elle aurait pu se cacher, Nicky. Elle aurait pu prendre un pseudonyme plus recherché pour qu'on ne la reconnaisse jamais, changer de perruque, porter des lentilles. Oui, elle aurait pu et vous trouverez cela sûrement risqué, mais Nicky n'y songeait pas. Pas même un instant. La seule chose qu'elle voulait, c'était se venger. Peu importait avec combien d'hommes et combien de temps cela durerait.

Elle jouait avec le feu et elle le savait, comme si elle attendait sa chute à chaque coin de rue. Comme si elle attendait, sur la pointe des pieds, qu'on vienne l'arrêter.

Alors non, je n'aurai pas le plaisir de vous dire qu'elle souhaitait se cacher, car ce serait bien là vous mentir. Elle, ce qu'elle voulait, c'était vivre au grand jour sa vengeance, sans penser à ce que cela pourrait engendrer.

Lignac, qui savait pertinemment ce qu'elle s'apprêtait à faire, joua parfaitement la comédie. Il avait même pris soin de la laisser seule pour procéder à son plan. Il était parti aux toilettes quelques minutes, sachant bien ce qui l'attendrait à son retour : un verre de vodka coupé au Rohypnol.

Il fit semblant de boire. Elle n'y vit que du feu lorsqu'il versa le contenu de son verre sur le sol poisseux du bar. Il prit un air heureux, un air content, et elle souriait tellement qu'il en avait eu un pincement au cœur.

— Dis-moi que tu m'aimes, l'implora-t-elle, une étrange lueur dans les yeux, alors qu'ils s'embrassaient, cachés derrière les arbres de la Citadelle. Dis-moi que tu m'aimes.

Lignac resta bouche bée, il ne savait pas quoi répondre à cette demande des plus particulières. Il l'observa quelques instants, en fronçant les sourcils et resta muet.

— Dis-moi que tu m'aimes, insista-t-elle, cette fois, visiblement agacée.

— Je... je t'aime, se prit-il au jeu.

— Bien... répondit-elle en tournant sa langue dans la bouche de Lignac, alors qu'elle descendait sa main droite vers sa braguette. Tu vois quand tu veux... Tu me désires Ludovic ? Dis-moi encore que tu m'aimes et je te ferai tout ce que tu veux, absolument tout...

— Je... je ne sais pas, dit-il soudain pris de panique.

Il sentit en cet instant le mal qui régnait en elle. Son regard venait de se transformer, il était devenu sombre et agité.

Nicky, la main dans son pantalon, le caressait sous son caleçon, dans un mouvement lent mais rythmé. Et lui, ne pouvant maîtriser son excitation fort déplacée, commença à se sentir étriqué dans son pantalon. Elle se mit alors à lui sourire, satisfaite de son effet sur lui.

Elle les connaissait bien les hommes, ils ne pensaient qu'avec la queue. Et ces pauvres diables étaient toujours prêts à faire ou dire n'importe quoi, en échange d'une bonne pipe.

Elle le regarda fixement alors qu'elle continuait de le masturber et lui dit :

— Tu sais, Ludovic, mon frère me demandait toujours de lui dire que je l'aimais, juste avant de me baiser. Il aimait ça, ça le faisait bander de savoir qu'il avait ce pouvoir sur moi. Mais tu sais, on finit toujours par payer ses erreurs, et lui, il les a payées, oh que oui ! Tard, mais il l'a fait, et pas qu'un peu, si tu vois ce que je veux dire...

Elle le fit alors s'allonger par terre, pensant qu'il était sous l'effet de la drogue. Lui obéit, agissant comme s'il était déjà étourdi.

Elle monta alors sur lui, prit son sexe dans sa main droite, écarta sa culotte sous sa jupe et l'enfonça en elle. Elle avait envie de lui, envie de sentir son excitation courir dans ses veines, envie de sentir son sexe gonflé, rien que pour elle.

Elle voulait sentir le pouvoir.

Pendant qu'elle le chevauchait, elle sortit une corde de jute de son sac, posé stratégiquement à ses côtés, prête à lui attacher les poignets au moment opportun. Puis elle décida de vérifier son état de vulnérabilité, en serrant son cou de ses deux mains.

C'est ce qu'elle faisait toujours, Nicky. Non pas pour les étrangler et les faire mourir sur le coup, non, c'était plutôt pour voir s'ils se défendaient ou pas. Elle devait se rendre compte de l'effet que la drogue avait eu sur eux avant de passer à l'étape suivante. C'était sa manière de procéder.

Cette technique bien rodée lui permettait, comme un feu vert, de passer à l'action. Pure formalité. Sauf qu'avec Lignac, rien ne se passa pas comme prévu. Elle enragea en le voyant se défendre comme un fou, les yeux révulsés. Elle tenta par tous les moyens de le contrôler, pensant d'abord que l'effet de la drogue n'était pas encore effectif mais elle comprit rapidement qu'il n'était pas du tout drogué.

Il lui avait menti, une fois de plus.

Elle enragea tellement de s'être fait berner qu'elle poussa un cri féroce et le frappa de toutes ses forces sur le visage. Quand il fut sonné, elle tâta le sol terreux et chercha jusqu'à trouver une belle et grande pierre qu'elle utilisa pour lui fracasser le crâne.

Une fois. Deux fois. Trois fois.

Lignac ne se défendait plus, il en était devenu incapable. La force qui émanait du corps de Nicky, comme possédée par une force maligne, était devenue presque surnaturelle.

Elle hurlait encore de rage, faisant gicler le sang qui recouvrait sa peau devenue un fleuve rouge écarlate.

La haine. Voilà ce qu'elle ressentait.

La haine de ne pas avoir pu terminer son plan, d'avoir perdu l'occasion de se venger à sa manière.

Ordure. Il n'était qu'une ordure. Un déchet de plus à éliminer.

Elle en pleura de rage tant la douleur qu'elle ressentait était intense. Il lui avait volé son moment à elle, son moment de vengeance. Alors, la colère dans les yeux, elle frappa une quatrième fois d'un coup sec et libérateur.

Crac. Son crâne se fendit comme un vase en cristal et la terre devint une mare de sang.

***

Il était près de 6 heures du matin lorsqu'elle fut réveillée par le bruit violent d'un orage. Elle se leva difficilement, posa un pied sur le sol mouillé. Elle se hissa à tâtons du mieux qu'elle put, devant le corps de Lignac qui gisait là, sur la terre humide, recouvert de perles de pluie.

Son visage n'était plus reconnaissable, comme enfoui sous une masse de chair et de sang. Elle se dirigea vers lui et fouilla les poches de son pantalon. Elle trouva alors ce qu'elle cherchait, son portefeuille.

Nicky s'empara de sa carte d'identité et se défit du reste un peu plus loin, au milieu des arbres élancés. Elle continua d'avancer, baignée de pluie, de sang et de boue, laissant transpirer derrière elle l'odeur infecte de la mort.

Tel un automate, elle se dirigea vers la gare Lille-Flandres, où elle s'engouffra dans les toilettes publiques. Elle s'y enferma quelques minutes, le temps de se dévêtir complètement.

Elle abandonna ses vêtements sur le sol et sortit, entièrement nue, les cheveux collés sur son dos souillé par le sang. Puis elle se mit à marcher dans la gare, sans prêter attention aux regards des passants.

La seule chose qu'elle voulait, c'était en finir. En finir avec sa douleur qui lui transperçait le cœur, chaque jour, depuis que son père avait mis la main sur elle pour la première fois.

En finir.

Alors, voyant le train arriver, elle se laissa tomber sur les rails de la voie numéro 3, légère comme un oiseau, se libérant de tout le poids de la misère.

— Mademoiselle, mademoiselle, l'interpella une voix au-dessus d'elle, vous allez bien ?

Un homme en uniforme bleu foncé la tenait dans ses bras, visiblement préoccupé. Nicky ne répondit pas. Les yeux écarquillés, elle ne pouvait pas s'empêcher de fixer l'insigne de police sur sa veste parfaitement repassée.

Pour elle, c'était un signe, le cauchemar ne s'arrêterait jamais.

– 32 –

Nicky était installée sur la chaise de la salle d'interrogatoire du commissariat de Lille. On l'avait laissée seule quelques minutes, exprès, pour mieux l'observer derrière la vitre sans tain.

Véronique, son supérieur et Vidal étaient là, observant cette jolie jeune femme qui, comme un trompe-l'œil, chassait les idées reçues sur les *serials killers* d'un revers de la main.

Au début, Nicky était restée complètement immobile, les yeux fixes et grands ouverts. Puis, comme un tic nerveux, elle s'était mise à gratter les vêtements qu'on lui avait prêtés à l'hôpital, cardigan et bas de survêtement en coton.

Bien sûr, on avait vérifié qu'elle n'avait pas été blessée avant de l'amener au poste. Il n'était pas question de faire une seule erreur dans cette enquête. « Elle a juste quelques égratignures, avait dit le médecin après l'avoir auscultée, rien de bien méchant. »

Il n'en avait pas fallu davantage à Véronique pour lui passer les menottes aux poignets et l'emmener avec elle et Vidal à l'arrière de sa voiture banalisée. À coups de gyrophare, elle s'était frayé un chemin sur l'autoroute A1, anxieuse de procéder au plus vite à l'interrogatoire qu'elle attendait depuis si longtemps.

— Vous saviez que Lignac était flic ? lui demanda Véronique.

— Je ne le savais pas, répondit Nicky d'un ton machinal, le regard figé. Sa voix était monocorde et nasillarde, pas une once de remords n'apparaissait sur son visage. D'ailleurs, il m'a dit qu'il s'appelait Ludovic et qu'il était infirmier...

— Qu'est-ce qui s'est passé avec lui ?

— Je ne vois pas de quoi vous voulez parler.

— Ne faites pas l'idiote, Nicole, vous savez très bien de quoi je parle, enragea Véronique.

Nicky, voyant l'effet qu'elle avait sur elle, se redressa sur sa chaise, croisa les bras et arbora un sourire grotesque.

— Je me suis juste défendue. Il m'a violée. Qu'auriez-vous fait à ma place, hein ? dit-elle en regardant les hommes dans la salle, je devais me défendre, et c'est ce que j'ai fait, en utilisant la nature pour me protéger...

— Comment ça, la nature ? Qu'est-ce que vous voulez dire ?

— Une pierre. J'ai utilisé une pierre pour me défendre de son emprise.

— Je n'y crois pas un seul instant, Nicole, arrêtez donc de jouer la comédie, ça ne prend pas avec moi. On sait ce que vous avez fait à tous ces hommes.

— Alors si vous le savez, qu'attendez-vous pour m'arrêter ? Ou vous n'avez pas assez de preuves, peut-être ?

— Ne vous en faites pas pour ça, nous avons toutes les preuves qu'il nous faut. D'autant plus que les analyses ADN ne tarderont pas à vous identifier et nous confirmeront une fois de plus que vous êtes bien coupable. Au fait, vous êtes au courant que votre frère, Mickael, n'est pas mort ? Vous avez foiré sur ce coup-là...

La mâchoire de Nicky se crispa, craignant que l'information soit vraie mais elle ne répliqua pas, laissant son hôte continuer.

— Nous l'avons retrouvé chez vous, enfin, vous m'avez comprise, en bas, dans la cage en fer dans laquelle il était prisonnier. Il a réussi à s'en sortir. Incroyable, n'est-ce pas ? C'était voulu ? lui demanda-t-elle en avançant vers elle, c'était voulu ?

— Quoi donc ?

— Eh bien, le laisser en vie. Ou alors vous avez foiré votre coup, parce qu'il est bel et bien vivant, le gaillard. Même qu'il se porte à merveille, feinta-t-elle.

— Je ne vois pas en quoi cela me concerne, répondit Nicky visiblement à cran.

Les mains sous la table, elle tentait de dissimuler sa nervosité.

— Ça ne sert plus à rien de lutter, Nicole, votre frère nous a tout avoué. Absolument tout. On sait ce qu'il vous a fait, lui et votre père. On sait qu'ils méritaient certainement de crever de la pire manière après ce qu'ils vous ont fait endurer. Et croyez-moi, je comprends que vous soyez en colère, je comprends que vous vouliez vous venger... j'aurais certainement agi comme vous, dit-elle en s'approchant d'elle un peu plus. Vous ne devez pas vous en vouloir, ce sont eux les coupables. Sans eux, rien de tout ça ne se serait passé, n'est-ce pas ?

Nicky nia de la tête, consciente que Véronique l'avait touchée en plein cœur. Elle avait su jouer avec la carte des sentiments et cela avait visiblement fonctionné.

— On sait pour Manu. On l'a retrouvé enterré dans le sous-sol. On sait pour Thomas et pour Matthew aussi. On a retrouvé leurs cartes d'identité dans la maison de votre frère, Nicole, dans votre maison d'enfance. Parce que c'est là que vous vous cachiez depuis quelques jours, n'est-ce pas ? Écoutez, on sait que c'est vous, vous ne pouvez plus nier. J'ai juste besoin de savoir une chose, demanda-t-elle d'une voix plus intime, y a-t-il d'autres victimes dont nous n'avons pas encore eu connaissance ?

Nicky se redressa soudainement, consciente cette fois qu'elle menait de nouveau la danse. Elle se remit à sourire et répondit sur un ton machinal :

— Je ne vois pas de quoi vous voulez parler.

Elle croisa les bras et continua de sourire, sans cesser de fixer Véronique dans les yeux, comme pour la défier.

— Écoutez, Nicole, dit Véronique, sachant pertinemment qu'elle était en train de jouer sa dernière carte pour la faire avouer, nous avons un témoin qui vous a identifiée et qui vous connaît bien. Un témoin des plus fiables, qui pourra nous donner toutes les informations dont nous avons besoin pour recoller les morceaux du puzzle, ce n'est qu'une question de temps.

— Ah bon ? Je me demande qui cela pourrait bien être, se moqua-t-elle.

— Élise Louvage, ça vous dit quelque chose ? lui demanda Véronique, croisant les bras à son tour.

Nicky ne pipa mot. Son visage se transforma soudain, contrit par un mélange de préoccupation et de sentiment de trahison. La seule personne en qui elle avait confiance, la seule personne à qui elle avait dévoilé tous ses secrets venait de la jeter dans la gueule du loup.

***

La lourde porte en acier de l'hôpital psychiatrique Michel Fontan venait de s'ouvrir dans un crissement.

— Allez-y, elle vous attend, lui avait dit un des infirmiers de garde.

Il était 20 h 30 lorsque Véronique entra dans la salle où se trouvait Élise, qui l'attendait patiemment.

— Je pensais que tu ne reviendrais jamais, lui dit-elle en la voyant.

— Moi aussi, je le pensais... mais j'ai encore besoin de toi. C'est au sujet de Nicky.

— Tu n'y vas pas par quatre chemins, c'est tout toi... Que s'est-il passé avec elle ?

— On vient de l'arrêter. Mais je crois qu'elle ne nous dit pas tout... j'ai comme le sentiment que quelque chose m'échappe.

— Je... je ne sais pas du tout de quoi tu veux parler...

Le regard d'Élise s'assombrit soudainement et un certain malaise s'installa entre les deux femmes.

— Ça ne va pas ? lui demanda Véronique, tu es toute pâle d'un coup...

— Non, ça va je t'assure, tenta-t-elle de dissimuler sous un sourire forcé.

— J'ai une question à te poser sur Nicky.

Élise se redressa sur son siège et ouvrit grands les yeux.

— Dis-moi, je t'écoute.

— Comment tu la qualifierais, toi, en tant que professionnelle ?

— Nicky est une jeune femme qui, comme tu sais, n'a pas vécu dans un environnement propice à une enfance heureuse. Elle a développé une tendance psychotique, très rapidement. En surface, elle a l'air d'une personne équilibrée, sociable, mais au fond, elle a un manque cruel d'empathie et d'attachement aux autres. Elle a aussi une tendance paranoïaque, à cause de son immense colère intérieure qu'elle projette à l'extérieur. Elle a cultivé un comportement antisocial dès son plus jeune âge. Elle s'attirait des ennuis qui ne faisaient que décupler la fureur de son père...

— Quel genre d'ennuis ?

— À 9 ans, elle a mis le feu chez elle, dans sa chambre. À 11 ans, elle a commencé à boire de l'alcool de manière assidue. Elle blessait, torturait et tuait des animaux...

— Je comprends... Elle avait déjà tout d'une grande... J'ai une autre question sur elle, celle que la presse a déjà surnommée « *La serial killeuse de LovR* », poursuivit-elle en mimant des guillemets avec les deux doigts de chaque main.

— Je t'écoute.

— Eh bien, reprit-elle en s'avançant, il y a quelque chose qui me perturbe dans son *modus operandi*. Comme je t'ai dit tout à l'heure, elle se ferme comme une huître quand on lui pose des questions et ne nous donne aucune information...

— De quoi s'agit-il ?

— Du sourire de l'ange. Tu aurais une idée de la raison pour laquelle elle fait ça à ses victimes ?

— Je ne sais pas... elle voulait peut-être juste gommer le sourire sur leur visage. Comme si... comme s'il s'agissait d'un masque que les hommes portaient pour abuser d'elle. En scarifiant leur sourire, elle scarifiait leur âme.

***

— Élise, il y a autre chose qui me trotte dans la tête depuis notre dernière conversation et je n'arrive pas à me l'enlever de l'esprit... Cette question est pour toi et il faut absolument que je te la pose... Pourquoi elle ?

— Pourquoi elle ? Qu'est-ce que tu veux dire ?

— Pourquoi tu l'as épargnée et pas les autres ?

— Parce que... parce que c'est différent, elle est différente. Elle a été adoptée, tu sais et elle a vécu une enfance, en plus d'une adolescence, des plus terribles. C'est une victime Véro, une victime et en même temps, une battante...

— Elle a été adoptée, tu dis ?

— Oui... sa mère lui a avoué sur son lit de mort. Apparemment, elle ne voulait pas partir avec ce secret dans la tombe...

— Voilà ce qui expliquerait le comportement de son père envers elle... il savait qu'elle n'était pas sa fille, pas de son sang. Alors il a cru qu'il pouvait en profiter à sa guise... quelle ordure...

— Oui, il en a fait sa chose, répondit-elle en baissant les yeux vers le sol.

Le silence se fit de nouveau dans la pièce, puis Élise fixa Véronique durant de longues secondes. Elle tenta à plusieurs reprises de prendre la parole, d'expliquer ce qu'elle ressentait, mais un nœud au fond de sa gorge l'en empêchait. Même si elle voulait aider Véronique, se racheter pour tout le mal qu'elle lui avait fait, elle ne pouvait pas se résoudre à lui révéler son terrible secret.

Alors, la main tremblante, Élise sortit délicatement de la poche de son pantalon une vieille photo Polaroid, rafistolée avec des morceaux de scotch. Elle la glissa sur la table en plastique d'un geste lent, puis, la retourna doucement, devant une Véronique qui resta bouche bée à la vue de ce bout de papier.

ÉPILOGUE

Une fois seule dans sa chambre aux murs lisses et gris, Élise se dirigea vers son lit, qu'elle déplaça sans faire de bruit vers la fenêtre. À ras du sol, une plinthe chancelait et, en un coup de pouce, Élise la fit sauter.

À l'intérieur, des dizaines de lettres cachées. Des confessions, des aveux, un puits d'informations pour enfermer Nicky à vie. Il fallait savoir lire entre les lignes, pour comprendre que lorsqu'elle parlait d'un homme qui avait pleuré pour elle, cela signifiait qu'elle l'avait assassiné.

Il y avait là au moins douze victimes recensées. Elle avait même les prénoms. Pour Nicky, c'était important de conserver leur identité, voilà pourquoi elle gardait leurs papiers. Pas tous au même endroit, elle n'était pas bête. Elle les éparpillait dans différents lieux qu'elle fréquentait, pour pouvoir les caresser du bout des doigts, lorsqu'elle en ressentait le besoin. Ce moment la faisait toujours sourire. Elle se rappelait leurs derniers instants, leur visage pétrifié.

Elle n'avait jamais ressenti aucun remords pour quiconque. Ils le méritaient bien, tous autant qu'ils étaient. Parce qu'elle les détestait, parce qu'elle détestait tous les hommes dont les mains se posaient sur elle.

Vengeance, c'est tout ce qu'elle souhaitait.

Élise s'installa sur son lit et se remit à lire toutes ces lettres. Elle plongea dans la psyché de Nicky, aux origines du mal. Alors elle sentit une forte douleur à la poitrine qui lui serra le cœur, l'empêchant de respirer.

Comme la chronique d'une mort annoncée.

**

Fin décembre 2010.

— Entre, lui dit-elle. Fais comme chez toi...

— Merci, répondit Nicky en s'installant sur le canapé, je peux allumer la télé ?

— Oui, bien sûr. Je vais nous préparer une infusion, ça nous réchauffera un peu.

Nicky n'y prêta pas attention, trop absorbée par l'émission de téléréalité dont tout le monde parlait.

Quelques minutes plus tard, Élise revint avec un plateau dans les mains, garni de petits gâteaux et de deux infusions.

— Sers-toi, lui dit-elle.

Alors qu'elle allait tremper ses lèvres dans la tasse bleue sous l'œil inquisiteur d'Élise, elle s'arrêta subitement.

— Que se passe-t-il ? lui demanda Élise, les sourcils froncés.

— Rien, j'ai juste besoin d'un cachet.

— Un cachet ?

— Oui, pour la migraine... Tu aurais un verre d'eau ?

— Oui, bien sûr, je vais le chercher.

Nicky continuait de fouiller son sac, qui contenait plus de détritus qu'une benne à ordures. Puis, fatiguée de chercher sans mettre la main dessus, elle le retourna et déversa son contenu sur le sol du salon.

— Désolée... je vais tout ranger, promis !

— Ne t'inquiète pas, tiens, répondit-elle en lui donnant son verre d'eau.

Nicky dénicha enfin le médicament tant recherché et se mit à tout ranger de nouveau dans son énorme sac.

Alors que Nicky avait le nez dans ses affaires, quelque chose capta l'attention d'Élise. Un bout de photo Polaroid, glissé sous le canapé. Sur le vieux cliché coupé en deux apparaissait une jeune fille, assise sur un lit d'hôpital, les cheveux scalpés et le regard apeuré.

Son cœur se mit à battre la chamade et des gouttes de sueur perlèrent sur son front.

— Ça ne va pas ? lui demanda Nicky, tu es toute pâle...

— Ça va, répondit-elle en se levant chancelante du canapé, ça va. Écoute, je vais te préparer autre chose à boire, tu veux ? Je viens de me souvenir que j'ai du chocolat en poudre, ça te dit un bon chocolat chaud ?

— Oui, bien sûr...

Nicky n'y prêta pas davantage attention. Alors qu'elle s'était remise à regarder la télé, Élise emporta sa tasse d'infusion dans la cuisine et déversa son contenu dans l'évier.

Non, il était clair pour elle que ce soir, elle ne pourrait rien faire. Elle devait la laisser vivre, elle n'avait pas le choix.

Vers minuit, alors que Nicky dormait à poings fermés dans le salon, Élise monta au premier étage de la maison et se rendit dans sa chambre. Elle poussa le meuble qui bloquait l'entrée vers son petit grenier, prit une lampe-torche et s'y engouffra à moitié.

Elle n'avait qu'une idée en tête, retrouver ce bout de papier. Alors qu'elle le cherchait depuis plus d'un quart d'heure, quelque chose s'échappa d'un vieux carnet.

Le bout de photo qu'elle désirait tant récupérer. Elle le prit dans ses mains tremblantes et comme une pièce d'un puzzle, l'assembla à celui qui appartenait à Nicky.

La photo complète venait d'apparaître sous ses yeux. Dans les bras de la jeune fille aux cheveux scalpés reposait un joli bébé aux joues colorées et au dos, une date qu'elle connaissait bien, écrite au stylo bleu.

Ses vieux souvenirs, enfouis dans sa mémoire rouillée, remontèrent à la surface comme un éclair.

Elle avait menti.

À 14 ans, le bébé qu'elle portait dans son ventre d'adolescente avait grandi en elle et était devenu le nouveau-né joufflu qu'elle avait décidé d'abandonner dans les bras d'un couple d'inconnus.

D'un geste mécanique, elle se mit à caresser du bout des doigts la photo qu'elle était parvenue à reconstituer, après tant d'années.

Elle pleura en silence, comme jamais elle n'avait pleuré, sentant pour la première fois au fond de son cœur, un amour qui se voudrait éternel.

Alors elle s'installa sur le bord de la fenêtre de sa chambre, la photo Polaroid dans la main. Elle se mit à observer durant des heures la pluie qui tombait de manière incessante sur les vitres.

Comme les perles de bruine, ses larmes légères et abondantes à la fois envahissaient ses yeux torturés. Élise venait de prendre conscience qu'elle ne pourrait rien faire pour la sauver.

Elle devait la laisser vivre, elle n'avait pas le choix.

FIN

DU MÊME AUTEUR

Voix nocturnes

Quand la mort frappe à la porte, personne ne peut y échapper...

Mai 2005, deux corps enlacés dans une mare de sang sont retrouvés dans la cuisine d'un appartement HLM de Roubaix, où vit Cathy, une femme divorcée depuis dix-sept ans et son fils Laurent.

D'apparence heureuse et épanouie, Cathy garde un lourd secret qui la ronge de l'intérieur. Quand vient la nuit, de vieux démons apparaissent et l'empêchent de dormir. Enfermée à double tour dans sa chambre, elle prie pour ne pas être en proie à ses pires cauchemars.

Pourtant, une nuit de printemps, tout ce qu'elle redoutait finit par se réaliser...

Qu'a-t-il bien pu se passer derrière les murs de cet appartement ?

Le silence des aveux

Lille, novembre 2010, le corps sans vie d'une adolescente est retrouvé près de la Deûle enneigée, dans d'étranges conditions. Cheveux scalpés, habillée mais sans sous-vêtements, un billet de vingt euros dans la main, tout prête à croire qu'il s'agit d'un crime sexuel. Véronique De Smet, commissaire chargée de l'affaire, semble piétiner, les meurtres s'enchaînent et l'enquête est au plus bas.

Pourtant un revirement de situation permettra à Véronique de mettre la main sur le présumé meurtrier, un trentenaire qui semble être le coupable idéal. Mais l'est-il vraiment ?

Aidée de l'inspecteur Bernier, Véronique réalisera un travail de fond, sur l'enquête et sur elle-même, pour démêler cette affaire, où rien ne semble être ce qu'il paraît...

Printed in Poland
by Amazon Fulfillment
Poland Sp. z o.o., Wrocław